皮影悠悠
唱千年

周艳丽◎著

应急管理出版社
·北 京·

图书在版编目（CIP）数据

皮影悠悠唱千年 / 周艳丽著 . -- 北京：应急管理
出版社，2024

ISBN 978 - 7 - 5237 - 0478 - 3

Ⅰ.①皮… Ⅱ.①周… Ⅲ.①散文集—中国—当代
Ⅳ.①I267

中国国家版本馆 CIP 数据核字（2024）第 052435 号

皮影悠悠唱千年

著　　者	周艳丽
责任编辑	郑　义
封面设计	宋双成

出版发行　应急管理出版社（北京市朝阳区芍药居35号　100029）
电　　话　010 - 84657898（总编室）　010 - 84657880（读者服务部）
网　　址　www.cciph.com.cn
印　　刷　北京飞达印刷有限责任公司
经　　销　全国新华书店

开　　本　710mm×1000mm¹/₁₆　印张　12　字数　163 千字
版　　次　2024 年 5 月第 1 版　2024 年 5 月第 1 次印刷
社内编号　20230606　　　　　　　定价　39.80 元

爱上阅读，学会写作

○凌翔

爱读书，读好书，养成阅读好习惯，这是近年来流行的好趋势。

阅读的好处毋庸置疑，越来越被专家学者及广大青少年读者认可。

大家越来越认识到，阅读将会对读者起到潜移默化的作用，既开阔了读者的眼界，也陶冶了读者的情操，它会不断引导读者提高自己的能力素质，调节自己的心情，缓解生活中的压力，帮助读者在丰富知识的同时增强胆识和气度。所以，引导广大青少年学会阅读，爱上阅读，阅读好书，越来越成为专家学者们的一大重要任务。

散文是一种抒发作者真情实感、写作方式灵活多样的记叙类文学体裁。广义地说，散文是与小说、诗歌、戏剧并列，在小说、诗歌、戏剧以外的所有文学作品的统称。但在当代，散文又专指那些形散而神不散、意境深邃、语言优美的文章，所以，当代散文又有了一个形象的称呼：美文。

散文的门槛不高，可以说，只要是会写作文的人，都能够写散文。在我国，每天都会有数不清的散文作品诞生。不过，尽管散文作品的量很大，但真正的好散文、真正能够传世的散文并不多。可以说，我们常见的散文大多是平庸的作品，所以为了能够在海量散文作品中发现优秀的散文作品，人们开展了多种多样的散文评选活动，其中名气较高的有冰心散文奖、三毛散文奖、丰子恺散文奖等。当下最为权威的散文奖项当数冰心散文奖，该奖项由中国散文学会组织，在著名作家冰心女士生前捐赠的稿费基础上设立，每两年评选一次，旨在评选出题材广泛、思想敏锐、能够深刻反映现实生活的优秀散文作品，被誉为中国散文界最为重要和专业的奖项。正因如此，每届冰心散文奖获奖散文作品集都极受欢迎，成为散文写作者的范本，也成为老师推荐学生阅读的精品。为了给广大读者提供更全面、更精美的散文阅读范本，我们从已经举办的九届数百名获奖作家中挑选出几十位最适合中学生阅读的散文家，请他们从自己所有的作品中挑选出文字精美、意境深远的作品，结集推出，希望编写出版一批为中学生所喜闻乐见的好的散文选本。

大家知道，与小说相反，散文是写实的，散文作家在写作时，如同用照相机拍照一样，用他们的笔墨触及身边的人、事和风景。即使是历史散文，作者笔墨描绘的也都是真实的人和物，所以，真实是一篇好散文要满足的首要条件。其次，好的散文在"形"散的基础上，实则上是"神"的聚焦，是思想的聚焦、灵魂的聚焦。正所谓说东话西，全都是为了一个中心。最后，散文注重抒情，注重遣词造句的美与高雅，注重每个篇章、段落之间层次的递进、并列和呼应，所以，散文又是不拘一格的。正因如此，阅读欣赏散文作品时，要能够阅读出新词妙意，阅读出谋篇布局，阅读出作者的所思所想，阅读出作者字里行间散发出来的对生活的热爱和对美好人生的向往，以及对万事万物的兴趣和景仰。

千万别指望别人给你提炼出一二三四的写作方法，即使有人总结出了什么写作诀窍，也千万不要相信。写作从来都没有捷径，要想写出好文章，必须进行深入的阅读，阅读最好的作品，阅读的同时不断分析作品，把作品拆开来思考。只有读出了每篇作品的结构组成，读出了人物刻画的方法，读出了语言运用的技巧，才会把优秀作品的营养吸收下来，从而转化为自己写作的智慧。

写作的门槛确实很低，但写作的台阶却很多、很高，我们每迈上一级台阶，都需要付出很多很多的汗水。让我们一起多读好文章吧，为自己写出好文章积累砖瓦，达到"对事物的观察十分细致，对人物的刻画九分入骨，对心灵的把握八分精准"的标准。

目录

第一辑　庄里庄外

这是草的世界　　　　　　002

身体里的谷子　　　　　　009

我在村里等雨　　　　　　014

奔跑的村庄　　　　　　　020

一棵庄稼连四季　　　　　024

一年刮两次风　　　　　　028

耘的尴尬与寂寞　　　　　034

日子在风中　　　　　　　037

姥家门口唱大戏　　　　　041

光阴里的后院　　　　　　047

石头上的村庄　　　　　　052

一本散着乡愁的画册　　　058

人间好日子　　　　　　　066

一个人一坡地　　　　　　075

第二辑　时光深处

桑之魅　　　　　　　　　084

葫芦的母性之光　　　　　087

有玉为琢　　　　　　　　090

目录

茶之为饮 095

青　花 099

陶之夭夭 103

浴火成器 107

磨为青龙 112

辽绣，花开四季 116

如豆灯火 120

草木神仙 125

红白喜事 129

井是村庄的月亮 139

第三辑　墨痕点点

南八家掠影 144

灵魂安处是故乡 151

走进树的梦里 155

姥爷的书 158

皮影悠悠唱千年 160

雨夜遐想 164

桃　夭 168

两山两寺两棵柏 171

以水为魂 175

达琪雅娜·彼得罗夫娜 180

修　根 183

第一辑

庄里庄外

这是草的世界

　　父母走了，老院子一下没了人气。没了人气的老院子忽然就变得喧嚣起来，因为草从四面八方拥进了院子。拥进院子里的草吵吵嚷嚷的，它们登高爬墙的样子，很像小时候的我们，淘气得很。那时候，母亲总说："你三天不打，能上房揭瓦！"如今，院子里的草因为没人三天两头地收拾，确实有些无法无天。大门旁、园子里、甬道的砖缝中、墙头及瓦檐屋脊上……草的身影是见缝就插针。这些草太喧闹了，它们的吵闹声把屋子和院墙都撑破了。屋子的东山墙裂开一指宽的一道大缝，阳光顺着缝隙钻进来，刺得我的眼睛生疼。房顶上的青瓦有一大片被草挤垮了，一下雨就漏得稀里哗啦，此刻，屋里水泥地面上的积水，眼泪一样含在那儿，看了让我揪心。后院的围墙也破了一个大大的豁儿，山鸡和野兔从后山上下来，从那里大摇大摆地进出。围墙旁边的柴门也朽了，乌黑的门框和板条已挡不住想进院的任何人和物。父母走了，草来了，草把这里的一切都化作了时间的祭品，而时间也堂而皇之地变成了打开院子的一把钥匙。

　　实际上，院子里喧闹的不只是草，还有花墙后面的野百合和蜀葵，当初没两株呀，几年不见，怎么园子里哪儿都是它们的身影呢？打开后门，两株蜀葵举着风情的花朵和地里的十几株野百合正你呼我应地站着，院子的喧嚣便十分突兀。风在花墙底下打转转，我看见几粒枯萎的蜀葵花籽被风吹得满地乱跑，立刻就知道了这些花儿散播的秘密。父母在时，花和菜都待在哪儿是有规矩的，园子的边边溜溜是花的领地，中间的菜畦是各类蔬菜的家园，

花和草都不得入内。可如今，花草都进了菜畦，那些青枝绿叶的蔬菜却没了踪影。蔬菜和粮食是父母生存的保障，花草是生活的装饰，日子虽然平淡，但在父母心中，轻重主次是绝不能混淆的，这是做事的原则，也是经营一块地的原则。而眼下，当父母不在时，院子里的规矩就乱了。站在没有规矩的花草面前，我的思绪也有些乱，我不知道，自己该转身离开，还是留下来驱花除草？这一刻，被花草包围着，我心乱如草。父母都走了，可我却没能从他们那里学到除草的本事，院子里的草有的比我还高挑，它们随风起舞的样子飘逸又招摇，像挑衅，也像炫耀，虽然母亲总说"人如草芥"，可如同草芥的我，却没法儿跟一株真正的草在时间面前较量韧性。在这个偌大的院子里，花和草都活成了自己的神，而我只是一个永远都走不出自我的俗人，面对一院子神仙似的花草，一个俗人的心里除了敬畏还能有什么呢？

在这样一个人神共处的氛围里，我想母亲若在的话，她一定是欢喜和幸福的。母亲不信道也不信佛，她只信神，因为神离她更近，她认为从小花小草到参天古木，从飞禽走兽到鱼鳖虾蟹等世间万物皆有神灵！所以她对什么都充满了敬畏和迷信。万物皆有灵，而神灵在于感知和信奉，可神灵于我们大家而言是摸不着看不见的，记忆中，它只在母亲的话语里，更在她的心里。记得从前，每到年节，她都会神神道道地烧香请神敬神。尤其是每年的除夕，母亲都在努力营造着神与我们同在的氛围，一天从早到晚地烧香上供，她供的神都是跟人间烟火息息相关的，除了灶王爷，就是保家的列位神仙。她敬得很虔诚，也很周到，每吃一样食物都要先请神尝一尝。我们在香烟弥漫的屋子里与神共处，总有种小心翼翼的胆怯和拘谨，不敢说不吉利的话，不敢做有辱神灵的事，一家人要和和气气地享受年的温馨与祥和。那一刻，我感觉母亲更像神，而且是最辛劳最用心的一尊神。她在年前近一个月的时间里，就做着过年的准备：淘米蒸黏豆包、做豆腐、杀猪宰羊，备各种年货，扫房子、擦玻璃、拆洗被褥，给孩子们做新衣服等，所有的忙碌都是为了让年过得舒心快乐。一切准备妥当后，我们便在母亲年夜饭的美味中，厮守着与父母共度的分分秒秒。如今想来，这样的时光竟是如此的短暂和珍贵，仿佛没几年的工夫，我们就长大了，父母也变老了，光阴一晃就走进了往事里。

拥进院子里的草，已成森森之象，站在葳蕤的青草间，我寻觅往事里的母亲，竟蓦地感知到了她的气息——有那么一刹那，我恍惚看见她就站在一株草的旁边，正若有所思地看着空荡荡的猪圈，而母亲身边的草就是她曾经起早贪黑地挎着篮子割回来，给猪打牙祭的扁叶草。这草生得顽强，不怕割，它的嫩叶割了没两天就会冒出来，仿佛是从不低头的人，也像视死如归的英雄，就义时，总会凛然地说："砍头算什么？十八年后我又是一条好汉！"其实，扁叶草用不了十八年，只三四天时间，它就能满血复活。所以母亲说，可别瞧不起一株草啊！说这话时，她早已经感知到：春发冬殁，年年岁岁，草是有轮回的。

我跨出长草的门槛，逃离了一院子的喧嚣，随后，我被另一些草领着去给父亲和母亲上坟。山路崎岖，荒草没径，父母的坟茔也被茂密的蒿草覆盖着，在这个与村庄对望的山坡上，隔着黄土和蒿草，我看不到父母的世界，更感受不到他们的气息。跪在坟前，我再一次想起母亲那"人如草芥"的话，心里的悲哀就涌上了眼角。父母如草一样柔弱、顽强、率性、向上，他们苦难的人生从出生那天起就注定跌宕起伏，先是伪满压榨下的屈辱童年，后是动荡不安的战事避难。解放时，他们成人了，伴随中华人民共和国成立的喜庆成家过日子。然后，在大干苦干搞建设的日子里迎来而立之年，孩子生了一大堆，却有四个像长不成的青瓜蛋子，一个接一个地夭折了。心伤绝望时，国家又陷入了三年困难时期，他们和所有人一样，挨饿、迷茫、惶恐，拖着虚弱的身子，满山遍野找吃的。大饥荒过去后，风暴一场接一场地袭来，他们大半辈子都像在荆棘丛里行路，小心翼翼地朝前走着。直到改革开放，生活才真正变好，日子才正经舒心了，可是，福没享几天，积劳成疾的母亲就走了。虽然父亲在母亲走后又坚强地活了十三年，可十三年里他一点儿都不幸福，他在这个老院子和儿女家的去留上，不停地挣扎和纠结着，他像老院子里的一棵老树，无法移栽和撼动。那些年，他心神不安地跟着儿女在城里过日子，终日唉声叹气。他放不下老院子，也曾试着在老院子里一个人住过，但一个人却再也无法撑起一座荒凉老宅的人气。最终，他无可奈何地回归儿女家，郁郁寡欢地度日。直到九十岁离世，他心里都没放下老院子。此刻，跪在父母的坟前，我最不敢面对的就是父亲那张惆怅忧郁的脸，更不敢向他提及老院子里花草的喧闹和它岌岌可危的境况，因为那是父亲最担心、最不愿看到的。

老院子是他利用工余时间上山起石头，从每月的收入里省吃俭用地积攒多年后，亲手建成的宅院，是他一生的心血。院里的一草一木都饱含着他的情感和爱。房子最怕没人住，没人住的房垮得快。我了解父亲的心思，与其说父亲离不开老院子，倒不如说他想守住老院子。但有些东西是他注定守不住的，比如，他正在老去的人生，还有这被野草日渐侵袭的老院子。因为这是草的世界，虽然我们一直都跟草做着寸土必争的较量，但最终谁都争不过一株草。

当年，父母在那片荒地上，清除了所有的草和石头，盖了自己的宅院，然后，他们在坚守中生儿育女、饲养牲口、种园子，日子过得风生水起。他们指望，这座院子在他们百年之后能够被儿孙传下去，可是，事与愿违，面对城市的繁华与利诱，父母的儿女心里都长了草，大家通过各种途径先后来到城市，从那时候起，老院子对我们来说就成了一个符号或标记，它是父母健在的符号，也是我们偶尔回去团聚的标记。如今，父母走了，草又蜂拥而回，然后，它们挥舞着光阴的刀剑，报复似的将老院子摧折得面目全非。面对满院子的荒芜与喧嚣，我明白：父母最终还是没有争过一株草！

这是草的世界，我从老院子的花草里出来，又陷入了父母坟茔的青草中。

此刻，明艳的阳光照在草尖上，很鲜亮，孤坟绿草间开满了粉色的田旋花，一只淡黄色的蝴蝶飞飞停停地在花蕊上跳跃，这鲜艳的田旋花让我再一次神情恍惚起来，我仿佛又看见了母亲，在自留地的小河边，她正将刚刚连根铲掉的一把田旋花投入水中，眼神恨恨的，动作狠狠的。虽然自然万物都是她心里的神，可田旋花却是她眼里的瘟神，离得越远越好！田旋花，人们叫它打碗花，也是我们小时候唯一不敢采回家的花。童谣里唱："打碗花采进家，不是打碗就折耙。妈妈骂爸爸打，哎呦呦，哎呦呦，打死我也不采啦。"那时生活贫困，物质匮乏，饭碗和农具全都金贵，打一个碗，弄折一个耙子，会心疼好几天。世间花草千姿百态，多因美丽吉庆为世人所喜爱，但像田旋花这样带着谶语和诅咒的却极少。因为这不吉祥的寓意，父母不允许当院有田旋花的影子，包括自留地，是见了就连根铲除的。而此刻，让我不解的是，这坟茔上的田旋花开得如此张扬和放肆，父母的刻薄和威严都哪去了？这是花草的世界，隔着茂密的花草，我听不见父母任其恣意生长的理由。也许是像有人说的那样吧——"人一旦没了，就把啥都放下了！"放下了也就不计较了，放下了就会包容所有的人和事。关于这坟地里的田旋花，一定是因为他们把啥都放下了，才有如此繁茂的光景。放下是最好的状态，若人人都能放下，这世界准太平得很。

同样，也是因为总放不下，我的心里才焦躁，而焦躁的我看啥都是闹腾的，包括这一地的田旋花和那一院子的萋萋草。可这会儿，我坐在父母的坟前，将"放下"的话反复咀嚼，再悄悄地学着放下，果然，耳鼓里的喧嚣一下就不见了，那一刻，我看见青山安静如佛，飞舞的蝴蝶、随风摇曳的花草也全都不动声色，周围的一切都处在静谧祥和里。我的眼睛盯着满地的田旋花，思绪随着那只黄蝴蝶扇动的翅膀翩飞着，不由地想起法国表演艺术家雅克·贝汉留在《微观世界》里的一大段旁白："这是黎明时分，在地球的某一处隐藏着星球般巨大的世界。茂草变成了森林。小石头变得像高山。小水滴形同汪洋大海。时间以不同的方式流逝。一小时就像过了一天，一天像过了一季，一季像过了一生。想要探究这个世界，我们必须保持静默，倾听和观赏这奇迹。"是啊，此刻，我该向地下的父母致敬！向花间的蝴蝶致敬！向所有的花草和树木致敬！向周围的山和水致敬！向所有的生命致敬！

　　这是草的世界，当你争不过一株草的时候，就试着学会放下，然后以静默的姿势来倾听和欣赏，倾听和欣赏天地间每一个奇迹的发生与消逝。

（原载《散文》2019 年 11 期）

身体里的谷子

谷子长在村庄的坡地上，可它却像我的影子，不管走到哪儿，它都在我的身后站着。站在我身后的谷子，有时离我很近，近到我恍惚以为自己的身体里也有一株谷子。

这株谷子也像村头守望的一双眼睛，时刻牵着我的脚步，我的双脚不论向哪里迈进，都走不出它的视线。它的身影守在村口，根扎在村外的坡地里。自从我出生时的第一声啼哭被它收去，揉进泥土，我的身体里就住进了一株谷子。

这株谷子让我看见了小时候母亲用小米糊糊喂我吃饭的情景：她一边喂我，一边唏嘘着，说："这丫头命不济，生下来就没奶吃，还多亏我们有小米糊糊哦！"吃小米糊糊长大的我，至今也吃不惯别的粮食，一日三餐，若是没有小米粥喝，就感觉胃里不舒服。这是饮食的习惯，更是身体本能里对小米那份固有的依赖与迷恋。

这株谷子让我想起了挂在老屋东墙上的那些谷种和"点葫芦"。谷种是一扎扎捆在一起的谷穗，都是精挑细选的穗子，修长壮硕，籽粒饱满，贴着墙，沉甸甸、黄澄澄地挂在两个细木橛子撑起的铁丝上，像一串美好的憧憬和企盼正在默默地守望着，而家人就在这样的守望里一天一天地走近播种的日子。点葫芦是一个用葫芦和竹管做成的播种器，样子有点像葫芦丝。播种时，从谷穗上脱粒下来的种子倒进葫芦里，父亲背挎着点葫芦，微微哈腰，一边沿着犁杖豁开的垄沟朝前走着，一边有节奏地敲击着竹管，伴着清脆的敲击声，种子沿着竹管均匀地流入大地，轻松而快乐。"春种一粒粟，秋收万颗子。"从播种到收获，像一个漫长而美好的梦，每年周而复始地做着。葫芦多籽，寓意多子多福，是吉祥之物。让种子在葫芦里走一遭，庄稼人的心愿，种子和大地都心知肚明，无须任何絮叨和解释。种下去的谷子，经过大地的用心孵化，很快发芽，然后，一齐热热闹闹地冲出地面。要是再来一场及时雨，没两天的工夫，田野里就会铺出一行行的绿诗、绿梦来。

谷子的小苗长势太快，也太挤了，要及时择优留存，才能确保它们苗壮成长，确保日后的收成。母亲薅苗的姿势很是虔诚，她双膝跪地，小心翼翼地在垄埂上爬着朝前行进，而父亲从背着点葫芦播种，到握着锄头耪地，再到挥着镰刀收割，也都是卑躬屈膝地面向谷子，他们对谷子的敬畏从始至终都充满着仪式感。

确实，住进我们身体里的谷子值得让每个种谷子和吃谷子的人肃然起敬，因为谷子除了作为粮食奉献自己，还具有诸多令人钦佩的优秀品格。它优雅、稳重、内敛、谦虚、忠实、顽强……就像人，但却是修养极好的那一个。美好的谷子让人打心里喜欢和信赖，不管年景如何，只要谷子带着庄稼人的希望和企盼婀娜风情地站在村外的田野上时，我们心里就多了一份踏实与祥和。在地薄雨少的辽西，谷子宛如贫寒人家的乖孩子，从出生到长大成人，一直虔诚地顺着庄稼人的心思，实实在在地长。长成的谷子却仿佛是从不出门的大家闺秀，总是低着头，羞答答的。我有时候就想：谷子长得这么丰盈美好，却如此羞涩谦逊，真是让我们这些狂妄浮躁的人汗颜。稳重内敛的谷子，也像种谷子的庄稼人，既不计较也不挑剔。辽西土地贫瘠、气候干旱，但谷子不怕，再贫瘠的土地，谷子也能扎下根来生存。因为在漫长的岁月里，谷子和辽西人一样早就学会了适应，它懂得适者生存的道理，它是庄稼里的强者和智者。

谷子根扎在土里，心里却装着千沟万壑，墒情和土质都差的地块统统被

皮影悠悠唱千年

谷子承揽。"见苗三分收"说的就是谷子，种谷子的父亲说这话时，正低头笑眯眯地看着地里谷子的小苗，他说话的样子，仿佛是在夸自己的儿孙，满脸都是自信、骄傲和欢喜。而谷子的好还在于它的伏低伏小和不争不抢。地球上的空间越来越少，所有的生命却都渴望膨胀，都蓄意多贪多占，但谦卑内敛的谷子却将自己缩减到极致。细小的籽粒、窄窄的叶片、精瘦低矮的秸秆，纤纤柔柔，像个弱不禁风的小妇人，但其襟怀和修为却是庄稼里的伟丈夫。它虽然样子纤细矮小，却不能不叫人从心里仰视！

这株住进身体里的谷子，让我在静下来的时候，总能听见父亲挥镰收谷子的沙沙声。秋阳高照，盛装的田野凸显着丰盈，谷子站在村外的坡地上，沉甸甸地弯着腰，父亲也弯着腰，以感恩的姿势对着谷子和大地。大地威仪，清风徐徐地拂过田野，风中的谷子翩翩起舞，淡淡的谷香随风飘来，那是成熟的谷子说出的第一句"米语"，也是父亲心里最美妙的歌。父亲左手攥住一把谷子，右手的镰刀向前一挥，谷子就被割倒了，割下的谷子在父亲手里乐得摇头晃脑，割谷子的父亲也在心里乐着，顶着烈日，他干得热火朝天。临近晌午，谷子割完了，父亲在醉人的谷香里回望码在地里的一捆捆谷子，爷爷奶奶的坟茔就在地头上，突兀而显眼。一株谷子从发芽到成熟，哪一刻脱离过爷爷奶奶的凝望呢？他们活着时，种谷子、收谷子、吃谷子。人走了，就和谷子一样，融入大地。他们住进了谷子中间，而谷子却一直住在他们的身体里！也不知道从何时起，我们每个人的身体里都住进了一株谷子，就像血脉，亘古绵延，生生不息。谷子是大地的精灵，大地用一茬又一茬的谷子将一代又一代的人养大，一代又一代的人也和谷子一样出生、长大，很快老去，回归大地，还原成精灵。谷子和人的轮回仿佛是一场梦，虚幻、浪漫、美好。

这株谷子住在我的身体里，我的耳鼓里就充满了千年的"米语"和一串串古老的述说。有一捧谷子，在红山文化遗址的泥土里，静静地躺了五千五百多年，而今，它以碳化后的模样与世人相遇，我们的心立刻狂跳不已。

皮影悠悠唱千年

这一刻,我看见曾经的江山社稷里以谷为神的祭坛和祭坛下虔诚膜拜的身影,我看见红山先民春天播种的背影及秋天收获的笑脸。那是一个用石犁、石铲等石制农具种谷子的岁月,那时的辽西,雨水丰沛,土地厚实,人们种谷子的工具简陋、粗糙,每个人都迷信谷神,他们虔诚地祈祷膜拜,用心地播种、锄地、收割,每一场农事都是庄严神圣的大事,每一场农事都饱含着天地间最漫长、最殷切的祈福。用石具种下的谷子也带着石头的秉性和气质。瞧,这些谷子的籽粒多么饱满瓷实,它和美玉、陶器、泥塑等一起,一直在祖先的身边守护陪伴着,历经五千五百年的光阴,不腐不朽。它不光是一个奇迹,更是无声的"米语",从幽深的时光隧道里传来,正深情地讲述着红山先民风生水起的日子。而我便在这"米语"的悄然诉说里,知道了自己的来处。

住在我身体里的谷子,承载上下五千年的光阴,把一串又一串鲜活美妙的"米语"编织成浪漫的故事,埋进米囤,小米的尊崇和金贵就此打开,灿灿耀眼。在悠悠的"米语"里,我隐约听见了来自大唐的马蹄声,那是御驾东征的皇帝李世民到了营州(今朝阳),吃了我们辽西的小米后,下令收购带回长安享用的佳话。我依稀看到了乾隆皇帝回奉天祭祖的浩荡人马,招招摇摇地由京城而来,路过朝阳,住在佑顺寺,吃了辽西小米的乾隆皇帝,顿时龙颜大悦,封其为"珍珠贡米"。从此,麒麟山里那个叫荒甸子的地方就成了专门给皇家生产贡米的一块宝地。我也似乎窥见了清朝年间,那个叫丛占鳌的本地政要,每次进京办事,不带金银和奇珍异宝,而是带上好多上等小米。他到了京城,把这些小米送给皇帝,送给交好的王公大臣,送得大家心里喜滋滋。而两百多年过去后,本地人的待客之道一点儿也没因为时光的迁延而改变,如今的我们给外地的亲朋送礼品,依旧首选小米,因为小米是我们心里永远的无价之宝。

所有的小米都来自那株住进我们身体里的谷子,来自这株谷子的小米每天都让我的味蕾有滋有味地享受着食物的美好。每每捧起餐桌上那碗香喷喷的小米粥，我总是心存感激，感激上苍把这富含人体所需多种营养、具有多种保健功效的小米赐给我们，让我们在辽西这块贫瘠的土地上享受着如此金贵的美食。

是啊，这金贵的小米熬成粥被称作"代参汤"。在辽西，女人坐月子，要喝小米粥！有人生病了，要喝小米粥！小孩和老人牙口不好，要喝小米粥！有胃病的人，更是成年累月地喝小米粥！小米养胃更养人，吃小米的辽西人对小米仿佛有身体、精神和心灵上都无法撼动的信赖与迷恋。迷恋小米的我们时刻身陷其中，不能自拔，因为我们每个人的身体里都有一株青枝绿叶的谷子。这株谷子生得宜人可爱，且不枯不败，就像基因，在辽西大地世代传承。

（原载《散文百家》2019 年 8 期）

我在村里等雨

雨还没到，风就来了。风卷着尘土在村庄里撒欢儿，天空黑着脸儿敲起闷鼓，鼓声轰隆隆地响，由远及近，很快就将山后升起的大太阳、树上歇息的小鸟、河里觅食的鹅鸭、当街玩耍嬉闹的小孩儿，还有田间劳作的男人和女人统统赶回了家。

村庄收敛起欲望，村人屏息静气，一起等待着雨的到来。

一道闪电在老屋的房顶划过，咔嚓一声巨响，村庄上头的天空就打开了一道门。雨像等在起跑线上的一群健将，一个箭步就冲了出来。

雨虽然来自天上，带着神气，派头不小，却没有架子，一点儿也不矜持，而且，还是个急性子，每一滴雨都争先恐后地往地上跳，像是要争着抢着去干一件无比荣耀的大事。

而等一场雨的到来，却是村庄酝酿已久的大事。"立春"过后，时令的指针慢慢指向"雨水"节气。"雨水"两个字如水灵灵的诱惑，让男女老少个个翘首而立，就是从那时候起，村人便天天期盼着雨的到来。大家走在路上想雨，坐在炕上说雨，站在田间地头盼雨，雨成了挥之不去的情愫，让人日日念念于心。可天不遂人愿，"雨水"时节村庄却没有等来一滴雨。村庄干渴，土地干裂，眼看着都快"惊蛰"了，村里冬眠的事物还等着滋润地醒来呢，可雨就是不来！村人心里焦躁，天天到村口、河边去望、去等……

日子在企盼中慢慢向着春的深处迈进，连远去的白天鹅都回来了，却还是不见雨的身影。村人等雨的时候，不知道该为雨做点儿啥才好。

孩子们就坐在教室里用背诵古诗词的方式为雨唱赞歌："好雨知时节 /
当春乃发生 / 随风潜入夜 / 润物细无声。"这是赞美，更是心愿。

男人和女人在田里刨开干燥的垄埂，一边嚷嚷着："春雨贵如油哦！"
一边不住地拿眼睛在天空寻找那朵积雨云，可天空瓦蓝，连一丝云朵的影子
都没有。

被村人称为"老学究"的冯老爷子不顾年事已高，每天都关在家里，废
寝忘食地研究辽西雨的历史和动态。末了，他惊讶地发现：从先人们在牛河
梁建女神庙、祭坛的时候开始，一直到今日，光阴跨越五千五百多年，辽西
人就一直在等雨、求雨。求雨等雨的辽西人还把雨当成了神话，他们认闪电
作图腾，称它是翻云覆雨的龙，虔诚地膜拜，且世代传承，直到把自己都变
成了龙的传人。

从这块土地上走出去的大作家 G 先生虽然离家在外多年，但心里盛的却
也是故乡的雨。在村人朝思暮想等雨的日子，千里迢迢赶回来的他立刻挥毫
泼墨，作鸿篇巨制《青铜雨》。他在村里精雕细琢，久久不肯回转，家人电
话催来，他急了，说："我在村里等雨呢，请勿分我心！"

而《青铜雨》的问世，更加鼓动了村人等雨的情绪和信心，大家群策群
力，倾情而为。很快，就在村里最神圣的地方为雨立起一座碑、修建了一座
小广场。"青铜雨广场"背对佛爷山，侧向毛公岭，佛爷山是大肚弥勒佛的
造型，毛公岭的山形则极像是伟人毛泽东仰卧的一张脸，毛泽东是百姓心里
的神。"青铜雨广场"建在神佛共瞩的地方，显得神秘又庄严。碑刻的雕像
是一端庄的方鼎和如注的豪雨，还有一双厚实、粗壮、有力的大手正在捧接
晶莹剔透的雨，样子生动、极具想象力。它也像无声的诠释，把村人盼雨、
爱雨的心意表达得淋漓尽致。

终于，雨在村人虔诚的祈祷和期待中来了！

"谷雨"前后，栽花种豆。门前的杏花开时，远处的草木开始装点河山。

雨知道，村里即将迎来一场春播的盛事，于是，它从遥远的天边启程，翻山越岭，日夜兼程地奔赴村庄。雨走了太多太远的路，风尘仆仆。走进村庄的雨，像离家太久的女儿，看见什么都倍感亲切和激动，她流着泪和村庄深情拥抱。雨的脚步走过田野，滚滚的热泪洒向田垄，她为种子铺了一床温润、绵软的大被子；雨的身影来到菜园，她的热泪洒向菜畦，为蔬菜的嫩芽送上一杯解渴的琼浆玉露；雨的双腿跨过墙头，攀上屋顶，她的热泪洒在墙头、房顶上，为青瓦红瓦的房子、墙帽洗净落满尘埃的头；雨的双脚跑向河边，她的热泪洒在河滩上，为宿息的白天鹅、野鸭子梳洗凌乱的羽翅；雨爬上山岗，她的热泪洒满山坡，为满山的草木穿上新衣裳；雨来到村里雨的广场上，攀上村人为她竖起的纪念碑，眼泪就成了断开线的银珠子，扑簌簌地滚落一地。当雨的小手和那双高高擎起的大手紧紧相握时，雨忽然就有了绽放的渴望，她跳下碑刻，欢快地笑着、旋转着，在泽沼片片的小广场上，不计其数的雨滴霎时就开成了一朵朵晶莹剔透的荷。

雨走进每户人家的小院里，东瞅瞅西看看。从村东头到村西头，雨像个好奇的孩子，忘情地在村庄里疯跑。

她跑进"老学究"冯老爷子的小院子，隔着玻璃往屋子里瞧，瞧见80岁的老人正戴着花镜，精神矍铄地坐在炕桌前寻找唐诗宋词里的雨。雨敲窗棂，老人抬眼看雨，雨隔窗和老人对望，老人眼里噙满激动的泪花，对着雨惊呼："说曹操，这曹操就到了，这不就是来自唐宋的雨嘛！"他欢喜又自信地说："这雨带着诗仙诗圣的气息，肯定来自唐宋！"雨不说话，眨着媚眼在窗外给老人唱歌，老人听不清雨唱的是什么，但他知道雨的歌词一定是首唐诗或者宋词，因为这美妙的旋律，这知时节的好雨，只能来自唐宋，来自唐宋的雨，一定要唱唐诗宋词！

邻家的小女孩儿看到雨燕在屋檐下呢喃，却说雨是从南方来的，她是来给小燕子唱歌的！小燕子是雨的孩子，雨想念她的孩子，就追着小燕子的身影来到了村庄。小女孩儿趴在窗台上，歪着头听小燕子和雨妈妈说话时，还动情地唱起"世上只有妈妈好，有妈的孩子像个宝"来，可唱着唱着，小女孩儿却流泪了，因为，她不知道自己在南方打工的妈妈啥时候回来。雨望着流泪的小女孩儿久久不肯离开，她在窗外徘徊着。一个孩子在雨中想妈妈，这让雨变得心情沉重起来。

而追着雨脚匆匆赶回来的大作家 G 先生却说这雨来自大洋彼岸！因为他站在老屋里，凭窗听雨，恍惚看到雨里有他当年的导师詹姆斯教授的身影。他看见年过半百的老教授正在一个雨天的课堂上，说着各式各样的雨，他的讲述里有夏威夷的雨、英格兰的雨，还有福克纳笔下的南方雨、北方雨、中部和西部的雨……而且，就在这一刻，他感觉到，老教授课堂上的雨统统汇集到了一起，飘洋过海来到了辽西，所有的雨都集聚在雨的纪念碑前为辽西的《青铜雨》庆生。这些来自大洋彼岸的雨，在雨的广场上歌唱、起舞、联欢，歌声如泣如诉，舞姿美丽如莲。是啊，这样的相聚盼了一回又一回，此刻总算如愿。雨的雕像淋着湿漉漉的雨珠静默如佛，那默默擎起的双手仿佛要将所有的雨滴都接住、捧起，献给村庄和大地。

村人也在欢庆着，雨来之前，他们就踏着雷声，乘着风，匆匆赶回了家中，收起晾晒的衣服，圈好鸡鸭鹅狗，喂饱圈里的牲畜，备上足够的干柴，关上门窗。然后就欢天喜地地和面、剁馅、包饺子。饺子连着村人的节日，每当逢年过节都要吃饺子。下雨的时候就是村庄的节日，所以一定也要吃饺子。大作家 G 先生望着为雨的到来而忙着包饺子的人们，落泪了，因为在这些人的身影里，他又看见母亲在雨天包饺子时的目光。他说，那目光是异样的，极温柔，也极认真。他也听到了父亲宣告下雨的声音，仿佛高大的父亲就站在老屋的屋檐下满脸喜色地说："天要下雨了！"像宣告一个节日的到来，父亲的声音是激动和喜庆的。他想起父亲和村里的很多男人一样，下雨的时候，还喜欢喝点儿酒，倒不是因为喜欢酒，是因为好日子必须有酒助兴。"饺子就酒，越喝越有。"这是村人在吃饺子喝酒时常说的话。下雨的时候，村人坐在热炕头上，吃着饺子喝着小酒，外面的雨不紧不慢地下着，而且是"越下越有"的样子，这在十年九旱的村庄里，真的是妙不可言的美事，谁又能说它不是节日呢？

其实，雨只是节日的一个符号，村里真正的节日该是大地上一棵庄稼从出生到成熟的漫长生长期。村人在春天湿润的土壤里埋下的种子，在雨水和阳光的呵护下，经过春、夏、秋三季的成长，才能变成粮食。而辽西地处丘陵，多山地，常年降水稀少，日照时间较长，不愁缺少阳光灿烂的日子，最愁的是雨的脚步不能按时抵达。人们等待一棵庄稼的成熟，往往都是在等待一场雨的到来中度过的。有时候，人期待什么，什么就显得至高无上，辽西人一年四季都在等雨，雨在辽西人的心中就是珍贵的。因此，把下雨的日子当成节日该是大家心照不宣的事情，就像一些约定俗成的乡规乡俗一样，没啥大惊小怪的。

雨来的时候，也是村庄准备开犁播种的日子。正如诗里颂的"好雨知时节，当春乃发生"，这样的雨来得恰到好处、来得贴心贴意。不急不躁的雨，淅淅沥沥地下，像一首动听的小夜曲，整整弹奏了一天一宿。村人在雨声里吃饺子、喝酒、踏踏实实地睡觉。早晨，雨走了，天空清亮如洗，一轮大太阳正慢慢地爬上山顶，翠嫩的小草顶着露珠在远处和近处窃窃私语，大红的公鸡跃上低矮的花墙，一声啼鸣，孩子大人就都醒了。人们推窗看雨，雨已乘风而去。望着雨走过的足迹，冯老爷子站在雨的碑刻前沉吟："一日之计在于晨，一年之计在于春！"他的声音低沉、警醒，被碑刻上的那双妙手轻轻地托举着，撞击每个人的耳鼓。

村人在老人的沉吟里，找出种子，又找出点葫芦、犁杖、犁铧和石磙子等所有播种的用具，喂饱圈里的驴和马，就等地皮一晾干，便走进田野开始春播。

春播是大事儿，不容怠慢和小视。"你误地一春，地就误你一岁"这个简单的道理人人都懂，无须任何絮叨与解释。村里的壮劳力奔赴城里的心情再迫切，也一定要等种子播完再开拔。

太阳拂去地表的水汽，大地静默如许，布谷鸟站在远处的山岗上，扯开嗓子，深情地催耕。人们扛起犁杖走向田野，身影生动，步子稳健。套上驴、马，一声吆喝，一支犁铧就扎进了土里，马拉犁走，土地开花，垄沟深浅正好。那播种人背着点葫芦跟着犁杖走，点葫芦长长的竹管，被他轻轻地敲击着，种子伴着敲击的节奏均匀地撒进垄沟，就像一群饱满的精灵回到了大地母亲的怀抱里，种子是快乐的，使命是神圣的。葫芦多籽，是繁衍的象征，村人用葫芦做播种器，就是想让种子在葫芦里走一遭，沾沾瑞气，秋后实现"春种一粒粟，秋收万颗子"的好梦。

梦是悠长的，从春天到秋天，整整三个季节，村人都要在等待一场又一场雨的焦躁中度日。尽管如今的大田滴灌技术已经普遍推广和使用，旱涝保收，省时省事，可村庄大部分的山坡地却无法受用这等美事，无法受用先进种植技术的村庄只能坐下来等雨。等雨，也许是古老农耕文明中最虔诚和最执着的一种守候与等待吧。

雨来了，又走了。"我在村里等雨……"赶着雨脚回来的大作家 G 先生，站在雨的纪念碑前，自言自语地陷入了沉思。而此刻，虽是雨过天晴，可小河对岸的坡地上，人们正是因为一场雨的到来，在人欢马叫地做着春播的盛事……

（原载《辽河》2018 年 1 期）

奔跑的村庄

村子以奔跑的姿势行进在路上，村里的人、树木、庄稼、房屋和土地……也一起跟着村子朝前跑着。村子里的一些老人步子太急，一跑就没了踪迹，他们跟跄的身影，渐渐地都跑进了大地的深处，土地留住了他们的脚步，他们再也没法儿回到原处。我每次回到村子，日渐老迈的父亲就说"村头的七爷走了，南园的三奶奶也殁了"之类的话。听了这些话，我心里一惊，好像上次回来还看见七爷抖着雪白的络腮胡子，张着没牙的大嘴，立在大门外和人说笑呢。而村子里的中年人跑着跑着，就气喘吁吁，一脸沧桑了。邻家大哥两鬓如霜，见了我，笑得一脸褶子，我心里又一惊，才几年的工夫，那个当年风流倜傥地唱落子、扮多情书生的帅小伙就年奔花甲了。村里的孩子跑得更快，仿佛昨天还在女人怀里吃奶、嬉笑的娃娃，今天就成了虎背熊腰的大小伙子。走在村子里，那些眉眼生疏的面孔都是转眼间就长大的娃娃，这些娃娃从婴儿到成人几乎用的是百米赛跑的速度！但娃娃们冲过百米线后，依旧停不下来，他们又跑向了城市，无论读书还是打工，从乡村到城市，再从一座城市到另一座城市，他们都一刻不停地朝前跑着。

人们就这样跟着村子一路朝前跑着，老人们把自己跑丢了，大人们把自己跑老了，孩子们把自己跑大了、跑远了。于是，村子就空荡和荒寂了许多，我回到村子，心里就失落很多。

村子里的树木也在奔跑，它们的根在泥土里忘情地跑着，一棵树连着一棵树的，大家盘根错节地纠结在一起，像一场马拉松的比赛，而树枝和树干更是不甘示弱，它们相互吆喝着，还边跑边在风中唱歌，跟风比赛。风横穿大地，它们就特立独行地向着天空的高处跑，所以，作家刘亮程感叹："树是一场朝天刮的风！"村里跑得最快的是杨树，好像没多少年，退耕还林时栽下的这些白杨树，就要撵上村口那两棵歪脖子柳了！歪脖子柳是上了年纪的树，植这树的是七爷的父亲，而如今连七爷都作古了，可歪脖子柳还依旧日夜兼程地向前跑着，所以有些树的行程比人要遥远、漫长。

村子里的庄稼也在奔跑，每年春天，村人将玉米、高粱、谷子等作物的种子埋进土里，种子就开始在泥土中做奔跑的准备，那些籽粒饱满的种子在地下吸足水分，攒够力气，蹬腿弓腰拉开起跑的架势，只等时机一到，"唰"地一下，它们就集体冲出地面，齐刷刷的阵势像跑步行进的大部队。它们迎着和风，顶着阳光，饮着雨露，你追我赶地狂跑，跑过春天，跑过夏天，一口气冲进秋天，就把自己跑成了实实在在的粮食。成了粮食后也在奔跑，跑到南，跑到北，跑到东，跑到西，直到换回钞票或村人每天都要吃的大米或者白面，它们才停住脚步。可村人的粮食从前是跑不出村子的，集体种地时，粮食总不够吃，那些庄稼成了粮食后，就直接溜进了村人的肚子。那时候的村人也不往外跑，他们就守着自己的一亩三分地，日出而作，日落而息，一年一年地在原地转圈圈，越转越穷，越转目光越短浅。

如今，总往外跑的村人不光种庄稼，还在大棚里种蔬菜，蔬菜比庄稼跑得还快，并且还有打破季节和常规的能力，一个冬天的阳光都被塑料薄膜聚拢到大棚里，蔬菜们感受不到严寒的冷酷，就没心没肺地向着成熟疯跑，黄瓜、西红柿、辣椒、茄子、芹菜、西葫芦、豆角热热闹闹地挤在大棚里，给人的感觉是时光错乱。这些蔬菜不光在大棚里跑，而且还成筐成篓地挤上车，向着全国的大小城市跑。村子里的黄瓜被认作是无公害黄瓜。所以，我无论在哪儿看到"无公害"三个字都会想到村子里的黄瓜，还有种黄瓜的诚实本分的村里人。

村里的草这些年也开始了奔跑，从前，村里的牲畜都是以草、秸秆作食料的，所以，草们跑得再快也成不了大气候。记得小时候，每到夏天，放学后我做得最多的事就是打猪草，那头大约克夏品种的母猪好像从来都没有吃饱的时候，一天到晚，嘴巴搭在猪圈门上吱哇乱叫，吵得很。我听不了这样的吵噪，放了学，不用母亲支使，背起筐子就走。猪牙草都长在阴面的地头上，像一张绿毯子，我蹲在上面专掐它们的脑袋，不一会儿就掐一大筐，草淌着汁液很悲伤，但却不服掐，依旧倔强地疯长，我就再掐，直到秋霜打来，草枯了，才住手。如今，村里人虽然也养牲口，但它们都改吃饲料了，这样，草就自顾自地到处乱跑，它们的身影哪儿都是，山坡、河滩、田间地头不用说，就连不住人的老院子里都挤满了草。我每次回到村子，都有被草包围的感觉。草的脚步不知道有多远，从村子一路走到城市，草的影子会一直追着你，就像魂魄一样形影不离。所以，每当我在自家小区地砖的缝隙里看到一棵草，我就认定它和我一样来自乡下！

　　村子里的人在跑，人居住的房屋也在跑，那些房子不光往高处跑，还顺着村子往外跑。往高处跑的房子被称作楼房，尽管不太多，但也充满了气势。而冲出村子的房子就更势不可挡了，这些房子抢占当街、河滩和田野，弄得村子越来越大，河道却越来越窄，耕地也越来越少。但很多房子却都闲着，没人住，可村人依旧喜欢盖房子，有了积蓄就渴望置办田宅，这是国人根深蒂固的观念，村里人也不能免俗。村人的房子不光在村子里奔跑，有钱的人还让房子跑进了城市，他们跟城里人一样在高层住宅小区认购自己的房子，通过一栋房子，让自己变成城里的乡下人。

　　村子奔跑的前提是土地在奔跑。一直以来，村人最朴素的愿望就是远离饥饿，奔向温饱或小康。可是，从前土地归集体所有，旁枝末节太多，条条框框也太多，土地就像绑在一起做游戏的人，想跑却放不开步子。如今，土地分到各家各户，仿佛被捆住手脚的人得到了解放，一下就有了活力。土地跑起来，侍弄土地的人也丢掉了吊儿郎当的劳动习惯，跟着土地一起向前跑。精耕细作的村里人把奔跑的土地打扮得像个花枝招展的嫁娘，他们在土地上扣大棚，花样翻新搞种植，还招商引资搞工业开发，将柏油路从村口一直铺到城里，也让高速公路在村庄的土地上跨过。路在脚下，土地就有了去远方的机会。村里人跟着土地向外跑，不管跑到何时、跑向哪里，心里都是踏实的。

　　我每次回到村子，就感觉土地变小了，那是因为它跑得离我太远了。我沿着土地奔跑的脚印走到从前打猪草的地头，却发现庄稼、草、树木、大棚、房屋、坟茔、公路，还有成群结队的村人都显得身影模糊，实际上，他们早已经跑出了我的视线，所以我只能想象：整个村庄正跑在路上，它带着田园世界最铿锵的足音奔向了村里人的明天。

（原载《华夏散文》2013 年 6 期）

一棵庄稼连四季

庄稼两个字充满了画面感，每回见了，我都会想起村庄里的老宅子，那座青瓦白墙的大院子外面长满了高粱和玉米，一条甬道越过庄稼地从大门口一直通到小河边，两边的栅栏上开着鲜艳的豆角花，像一条彩带，花哨又飘逸。揣摩庄稼的字面意义，我总是偏执地认定它就是村庄里长在房前和屋后的那些高粱和玉米。

村里人管村子叫庄，管自己叫庄稼人，无形之中就表明了自己跟庄稼的关系。种庄稼是村里人的营生，他们一年四季，面朝黄土背朝天，起早贪黑地忙碌，其实侍弄的不是土地，而是土地上的庄稼，庄稼说着粮食的语言，从古至今诠释着"民以食为天"这个简单且直白的道理。庄稼连着我们的饭碗，更连着种庄稼人一年四季的日子。

春天，当村里人扛着犁耙走向田野的时候，就已经在整个冬天酝酿了充足的情绪，天还没上冻时，他们将猪粪、羊粪捣细，一车一车地送到地里，地里的粪堆整齐有序，像布阵一样，拉着架势。春节，这个春天最隆重的节日，跟庄稼有着说不清、道不明的联系。春节前后是立春，接下来，雨水、惊蛰、春分、清明、谷雨这些春天标志性的节气一个跟着一个来到跟前，天气也跟着节气的脚步一天天地转暖。出了正月，土地开化了，村人种地的心思就开始跃跃欲试。嘴里念着"七九河开，八九雁来，九九加一九，耕牛遍地走"的农谚去蹚地，清理地里的碎石烂草，春播之前的农事每天都在有条不紊地进行。春风浩荡，大风卷起沙尘，漫过土地，农人的身影在风里鲜活生动，躬耕陇亩，像庄严的仪式，充满了卑躬屈膝的虔诚。

　　春天是个恋爱的季节，大地在春风的抚慰下，渐渐苏醒，植物们也从冬眠的大梦里回到现实。万物生发，植物和动物们春心萌动，鸟儿唱着歌，桃花在房前屋后妖娆地绚烂，杏花开在山坡上，像云朵一样缥缈……所有爱情的种子都在日复一日地播撒着。春播作为一场爱的盛宴，也承载着农人对土地的悠悠深情。老牛拉着犁走在田野深处，鞭哨声声，人欢马叫，播下的种子籽粒饱满，种下高粱、玉米和谷子，也种下黍子、荞麦和大豆。种子揣着农人的梦，植入土地。"谷雨前后，种瓜种豆。"大块的地种完了，边边角角的地也都种上了。忙了一春的村人坐下喘口气，可日子一转眼就走出了春天。

　　接着，立夏、小满、芒种、夏至、小暑、大暑依次登场。"过了芒种不可强种！"春播的大幕谢了，庄稼作为主角盛装亮相。千万株禾苗手拉着手，唱着歌，欢呼着破土而出。风少了狂放，多了和气，拂着禾苗的柔发，编织夏的花衣裳，大地穿上翠绿的裙裾，山花盛放，野百合在向阳的山坡上招摇妩媚，薅苗的少妇忍不住奔过去，掐一朵风情地戴上鬓角，锄禾的男人看着，眼睛笑成一道缝，往虎口上吐口唾沫，手上的锄头舞得更欢了。薅了苗，锄下第一遍，地皮松软了，苗儿不挤了，一场及时雨在夜里悄悄来临，禾苗喝足了水，一下蹿出老高。追肥，锄第二遍，禾苗悄悄地长，像满地疯跑的孩子，鲜活水灵。夏至来临，昼长夜短，雨多了，气温急剧上升，禾苗蹿成庄稼，村人站在齐腰深的庄稼地里锄地、拔草，一猫腰就被庄稼淹没了。然后，玉米吐缨，高粱抽穗，株株高高在上，株株亭亭玉立，叫人喜欢和仰视。伏天暑气上升，庄稼站在烈日下，雨却被热浪挡在了山那边，此时，受煎熬的不光是庄稼，更有村人求雨的心。朝也盼，晚也盼，终于盼来了雨的脚步声。夜里，雨敲窗棂，村人的梦就欢笑着飞到了田野，庄稼在雨中舞蹈，村人看见了庄稼舞裙下的秋天，金黄的玉米、通红的高粱、沉甸甸的谷子蕾丝一样

耀眼。

　　一觉醒来，秋天真的到了。立秋、处暑、白露……秋天的节气带着秋的气息转眼就到了跟前，走进田野去看庄稼，庄稼脱掉了鲜艳的青春装，换上了成熟的粗布服。玉米怀里抱着娃娃，高粱肩上扛着火把，谷子手里提着羞涩的穗子，地头的苹果树张灯结彩，一场丰收的庆典，已经热热闹闹地拉开了序幕。

　　庄稼渴望回家的眼神挑逗又喜气，村人陶醉着，不敢怠慢，挥镰收割的阵势比春播还浩大。"春种一粒粟，秋收万颗子"，一地一地的庄稼水一样漫溢荡漾在眼前，村人的心被收获的幸福冲击着，身影显得勤快又兴奋。过了秋分，寒露和霜降就会跟着到来，庄稼急着回家，村人心里比庄稼还急。每天顶着烈烈的秋阳，冒着不甘退去的暑气，村人挥汗如雨地在田野收割。割倒秸秆，掰下玉米，掐下高粱和谷子，再车拉人扛地运回来，垛在屋檐下。随后，秋雨来了，带着微凉的风，爬上粮食垛，隔窗聆听村人细说今年的收成。

　　从种子到粮食，庄稼走过春、夏、秋三季，村人陪着庄稼走过每一个季节，仿佛只留下空白的冬季给自己，其实，整个冬季也不属于村人，土地冬眠，种子冬眠，村人却醒着，他们一边扣蔬菜大棚，一边盘算着如何打理土地上的农事，倒粪、运肥，夜长日短，一个冬天转眼就过去了。

　　一茬庄稼种过了，一年的光阴就过去了。一个村人一辈子种了一茬又一茬的庄稼，不知不觉中就老了。村人也像庄稼，一茬一茬地出生、长大、成熟、老去，你来我往，这是生命的走向和延续。庄稼如此，村人也是如此。

（原载《华夏散文》2013 年 4 期）

一年刮两次风

　　我居住的城市位于辽西丘陵地带，因为离内蒙古草原的风口较近，风的威力之大，肆虐时间之长，常常叫人瞠目。但父老乡亲都淡定，望着一年没完没了刮着的风，总是莞尔一笑，说："我们这儿一年就刮两次风，一次刮六个月！"也就是说，在我们这儿，刮风是家常便饭，没人把风当回事。

　　我们这儿的风既专横又霸道，天上的云和地上的动物、植物都得任它摆布。

　　冬天，云在渤海上空聚集，然后忽忽悠悠地飘来，想给辽西大地来场雪，可风却挥着大巴掌给挡回去了，而且是云来一回，它挡一回，弄得我们的城市一冬无雪！在无雪的冬天，我将自己关在屋子里躲避着风，扳着指头数未来的日子，心里就隐隐有些不踏实。

　　春天，"清明"过后，该种地了，"谷雨"节令搓着小手出来布云行雨，它想让辽西大地上的子民看看它应时应季的灵气。可它的毛毛细雨还没等打湿地皮，风就不让了。风运口气，大嘴使劲一吹，就把"谷雨"吹了个趔趄，雨散了。"谷雨"怏怏地走进了日子的另一端。而种地的日子，没雨就得"干埋"，父老乡亲天天盼雨，甚至住在大山里的人还敲锣打鼓地组织起来，去山上的破庙前求雨。求雨是祖宗留下来的习俗，虽然显得迷信，但也是万般无奈之举。我们这儿的人都犟，明知道是风管着雨，却从来都是求雨不求风，因为我们这儿的人从不把风放在眼里，在刮大风的日子，你若是劝一个外出的人避避风再走，他准会睨着眼，不屑地说："风算个啥呀！"

我们这儿给风闹的，实在是缺雨。缺雨的我们一年四季都盯着央视天气预报的卫星云图看，一旦卫星云图给出了有雨的信息，城市负责增雨的部门就悄悄地预备好增雨的炮弹、干冰等，架起大炮对准天空瞄着。积雨云来了，风刚想发淫威，挡它们回去。地上的炮手就朝着天空开了一炮，轰的一声巨响，一枚增雨弹射出去，天空一道闪电划过，咔嚓一下，雨就下来了。雨点噼里啪啦地往地上砸，仿佛是要把平日的憋屈都发泄出来似的，雨痛痛快快地宣泄着。风被雨砸得挺不住了，发疯似的摇着树木和其他物体求救，这时候的风像只丧家犬，嗷嗷叫着到处乱窜。但没人可怜它，增雨的炮弹一枚接一枚地打，直到估摸着雨把山川大地都下透了，才收手。雨越下越大，风终于被雨压下去，老实了好几天。

风除了管下雪下雨的事，还管着山川、河流、动物和植物们的冬眠和苏醒。"霜降"过后，天气渐渐转凉，万物萧条，风却撒起欢儿来，到处乱撞，还没到立冬，那些冬眠的植物和动物，就被风赶回了老家。整整一个冬天，风都在户外吆喝着，吵吵嚷嚷的，像个骂街的泼妇。冬天的风冷酷，仿佛带着刺，出去不戴围巾和帽子，一会儿，脸和耳朵就被扎得生疼。在冬天，每一场突然到来的大风都会带来断崖式的降温，在大风降温的日子里，我躲在屋子里悄声静气地码字，感觉自己就是冬眠的一棵树，瘦骨嶙峋地积攒着力量，摩拳擦掌地憧憬着未来。

而春天的风刺儿没了，势头和脾气却越发地大了。脾气大的风还是个急性子，"惊蛰"节气还没到，就开始大呼小叫地到处瞎嚷嚷。它像催命鬼似的一路吵嚷着，恨不得一下就把冬眠的山川、河流、植物和动物都叫醒。它走到哪儿，吵吵到哪儿。我安静码字的心被吵乱了，推开窗户，蓦地看见树们腰肢挺拔地站立着，冬眠的山川、河流、植物和动物也都睁开了惺忪的睡眼，天地这个巨人转瞬间就让风给唤醒了！

最先醒来的是城边上的大凌河。经过一个冬天辟谷似的休眠，渐渐开化的大凌河看上去像个骨感的美人，动物和植物们需要河水的滋养，从南往北迁徙的白天鹅也陆续到了，它们要在大凌河里休整一个月；野鸭子、鸳鸯和其他鹭鸟也都来了，大凌河一下就成了鸟儿的乐园。河水有点儿浅，为了不怠慢这些尊贵的客人，上游的阎王鼻子水库还开闸放了一回水，大凌河一下就丰满了许多。风呼啸着掠过河面，大呼小号地跟河叫板，但这纯属不知天高地厚，因为河不会跟风争长论短，河的度量和胸怀不光能容下四季的风，还可以容下星辉月色阳光雨露，及天地间所有的一切。

大地差不多是和大凌河一块儿醒来的。过了立春，天气渐渐转暖，阳面的土层没了坚硬，一镐头刨下去老深，黄土喧腾腾的酥软。节气随后到了"七九"。"七九河开，八九雁来，九九加一九，耕牛遍地走"，农谚里的歌谣，回响在耳边，日子便开始往苏醒的土地深处延伸。翻地的拖拉机在头年上冻之前就把地翻好了，这会儿，走进田里，深一脚浅一脚的，直往下陷，喧土灌得满鞋都是。在风肆虐的日子，大地从不跟我们说甜言蜜语，但却很会宽慰人的心，此刻，顺着舒展的地表往远处看，则有影影绰绰的雾气若隐若现，那是田野呼出的地气。虽然一冬无雪，但大地却悄悄地储存了内力和底蕴，也正是这个内力和底蕴，让农人在无雨的日子，才敢把种子干埋进土里，因为他们知道，土壤会为种子留住精气的。

风挡着雨，不让下，但人不能干等着，"春生夏长，秋收冬藏"，此为天道之大经，不得忤逆。在逆境里种地的人，心里得有一个神奇的锦囊，里面的条条妙计要宜春宜夏宜秋宜冬，才能跟风斗智斗勇。天旱，人们就在大块平整的田地里打深井，引进滴灌种植技术，来个旱涝保收，且不用耪不用薅，省功又省力。山坡地没法滴灌，就种谷子。谷子是黄土地上的精灵，也是最古老的粮食，它来自祖先五千多年的种植与承延，它的生长基因早已适应了这里的特殊环境，耐干旱且不怕土地贫瘠。其实，祖祖辈辈爱吃小米的辽西人，性格品行也像谷子，看着羸弱纤细，但伏低伏小的内敛里却蕴含着顽强的生命力。

风吹大地，万物生发，所有的春心都在萌动。此时，天地间别无勾当，唯有恋爱、孕育、播种才是正事。花儿们以惊艳的美让传宗接代的仪式变得光鲜和浪漫；鸟儿们以美妙的歌喉，长一声短一声地深情对唱，这一出禽言鸟语的爱情大戏从早到晚地唱，直到爱巢里有了嗷嗷待哺的黄口小雀，才悄然落幕。而种子和大地的恋爱则是春天里最惹人注目的一件盛事。犁杖豁开黄土，种子埋进土里，然后，大地抱着种子默默听风等雨，直到种子发芽，生出秧苗，大地穿上翠绿的裙裾，这场恋爱才走进了婚姻。这样的恋爱也是粮食生命轮回的开始，每年周而复始地演绎着，农人的日子因此忙碌而丰盈。

风是个摸不着、看不见的家伙。它像魂魄，喜欢附着在其他物体上逞能发威。整个春天，风都在吵嚷着、纠缠着。苦菜、紫地丁、白头翁、小蒿草、迎春花、杏树、柳树和一些看桃树在它的吵嚷里也一个跟着一个地醒来。苦菜在田间地头，星星一样散落着。风捏着它们的小耳朵，使劲往高了提，没几天的工夫，它们就在风的催生下变得有模有样了。苦菜是大地的使者，饥荒年代，救过很多人的命，如今，它依旧是人们餐桌上的美味。风里，挖野菜的人也星星一样散落一地。这一刻，凝望田野，我心里有些潮来潮往的感动，我感动于大地的馈赠，感动于万物的轮回与生发。

当风在空中跟树木和破柴烂草纠缠打架的时候，小花小草们就自顾自地梳妆打扮起来，它们都穿上了碧绿的衣裙，该簪花的簪花，该披挂的披挂。树木们也不甘落后，杏花开了，看上去有些张扬和热闹；迎春花和桃花也正在不分彼此地炫耀着各自的美，柳树和其他树木在风里摇摇摆摆地搔首弄姿。没两天的工夫，隔着晨晖或暮霭，抬眼望过去，城里城外就有些如烟似梦的意境了。

风依旧喧嚣，我乘着风去寻找风景，看见成群结队的人站在风景里，显得比风还喧闹。人们的喧闹声甚至盖过了植物及鸟儿谈情说爱的歌声。被喧闹声包围着，我忽然想起倪瓒"不可出声，一出声便俗"的话来，不觉间竟羞得面红耳赤。

风在日夜呼号，动物们也被唤醒，蚂蚱在草丛里蹦蹦跳跳，蚂蚁和一些硬壳的虫子在地上东奔西跑，蜜蜂和蝴蝶在花丛中飞飞停停。一条冬眠的蛇也出洞了，撞见的人大惊失色地尖叫，这尖叫声让我想起远古的红山先民及那枚精致的 C 形玉龙挂件，想起《山海经》里双耳佩戴蛇形耳坠的男人，倘若他们在春天遇见这条刚出洞的蛇，一定会受宠若惊，也一定会屏息静气地叩头膜拜，因为蛇是他们心里的一尊神。

盛夏，热浪袭来，不下雨的时候，人们渴望来场凉风，降降暑气。可这时风又变成了一个懒汉，每天只是早晚出来遛一遛，还没到中午它就偃旗息鼓了。我把家里的前后窗户都打开，宽容地请风进来，风却矜持着，一点儿都不给面子。其实，风就是这么个上不了台面的家伙，需要它时，它缩手缩脚，不需要它时，它四处乱窜，用一句现成的话说，那叫"不识抬举"！

整个夏天，只要不是为了阻挠雨的到来，我们这儿的风几乎都处在飘忽不定的状态里，三伏天最热的时候，风更是躲得无影无踪，人们活在没有对手的日子里，心里反倒不踏实起来。在这样的日子，许多人喜欢去草原和海边，因为那里开阔，风来去通达，实际上，与其说是去避暑，莫如说是为了邂逅一场风。但他乡的风是我们带不走也迎不来的，因为世上每一缕风都有自己的走向和定数。包括辽西的风，它的大小和来去，我们谁都管不着，尽管在粗狂豪迈的风面前，我们每个人都表现出铁嘴钢牙似的不屑一顾，但事实上却从来都没法儿跟一场风较量到底。我们这儿的人和风的感情有点儿像吵闹一辈子的老夫老妻，在一起时，咒天咒地地打架，离开了却坐立不安地想念，但即便是心里想得发慌，嘴上也会说"你算个啥"！这就是一根筋的辽西人，是折了也不服软的那一个。

风在辽西大地，从春吹到冬，从古吹到今，辽西人和天地万物一样在风中不断更生轮回着。而在这个星球上，有多如牛毛的徐徐和风，也有无以计数的肆虐台风，更有若干魔鬼般的龙卷风，每一场风都发乎自然，有些却凸显着巨大的威力，尤其是在每一场灾难性的风面前，万物都是弱小无助的，但狂暴的风也造就了万物的顽强和坚毅。站在风雨飘摇的窗前，诗人泰戈尔就曾禁不住感慨万端，他说："风不停，雨还在下，我望着不停摇摆的树枝，沉思于万物的伟大。"

而辽西人的伟大，就在于有一个强大的内心和定力，所以他们才敢睨着眼说："风算个啥！"

（原载《辽宁文学》2021 年散文报告文学卷）

耘的尴尬与寂寞

耘是个优雅的动词，像一件轻易不肯拿来示人的宝贝，农人极少说耘这样的字眼，尽管一年中总有那么几个月，他们都在土地上做着耘的活计，这类农事却被他们称作锄或是耪。在农人直白的话语里，几乎见不到耘这样的字眼。耘在乡下是个陌生的词语，许多跟土地打了一辈子交道的农民一点儿都不知道耘的存在，他们只知道锄和耪，其实，耘是锄的大名，耪是锄的小名，都是用锄头除草松土的意思。但用体力和汗水换取粮食的农民，很少关心这类咬文嚼字的学问。耘只在文人墨客的文章中用得最多，字里行间，它常和"耕"连在一起写作"耕耘"。写文章的人还喜欢把写作称为笔耕或者耕耘，但我感觉这样的叫法有些矫情，因为写作再辛苦也没法儿和农人在田野里挥汗如雨的劳动相比。古人最解耘的含义——"锄禾日当午，汗滴禾下土。谁知盘中餐，粒粒皆辛苦"，短短四句就把耘的艰辛和意味描绘得恰到好处。

耘是一项农民最基本的劳动技能，一个不会锄地的农民不能算作真正意义上的农民。在北方，庄稼从播种到收割，耘的程序往返重复多次，僵硬的地皮需要松软，疯长的野草更要铲除，这是个不间断的过程，而播种、间苗、追肥、收割等都是一次就完成了。耘从幼苗时就开始了，直到成棵的庄稼长成才结束。在乡下有一种说法，勤快的人，打下的粮食瓷实、禁煮，懒惰的人，打下的粮食漂糟、不出息。这勤快和懒惰的差别就在一个耘字上，勤快的人，地耪得勤，没有杂草的侵袭，庄稼吸收营养好，自然就长得好，所以粮食就瓷实；而懒惰的人，任杂草蚕食庄稼的养分和水分，结果粮食肯定要减产、漂糟。所以，耘有时候，还是衡量一个农人劳动品质的标志。

耘是个技术活儿，一把锄头握在手上，就等于握住了一棵庄稼的命根子。锄的深浅和轻重大有说道：锄浅了、轻了，杂草去不掉；锄深了、重了，就会伤到庄稼。这是个力度问题，只有技术娴熟者才能做得游刃有余。村子里被人称作"真正庄稼把式"的人是郑老汉。所谓真正的庄稼把式，主要是说他锄地的手艺比别人都高，他锄过的地不止是杂草见不到，就连苗的去留也把握得十分到位。据说，他锄的地，基本上就不用再间苗了。如今，郑老汉已经离世多年了，在村子里是找不到像他这样的庄稼把式了。如今的年轻人都跑到城里去打工了，在城里他们做着城里人不愿意干的一切体力活儿，盖房子、装修房子、修理汽车、修路、饭店服务员、生产线工人等，这些活儿枯燥、繁重，甚至肮脏，一点儿都不像土地里的农活儿那么纯粹，那么充满了成长和收获的期待。可是，这些活儿在城里，干活儿的人也在城里。多年以来形成的城乡差别，使得城里的生活环境和生活质量总是显得高高在上，这样的诱惑让村里的年轻人心里也长了草，他们别了庄稼，来到城里，用头脑的犁耙和粗糙的双手在钢筋水泥的夹缝里种下生存的种子。这是个艰难的过程，需要毅力和耐心。种子能否发芽，长成庄稼，获得丰收，得靠技巧和运气。村里的年轻人虽然不会耕耘土地上的庄稼，却必须得学会耕耘城里的人生。

在家乡，真正长了庄稼，需要耘锄的土地也越来越少。退耕还林去了一部分；因为人越来越多，盖房子、修路占据一部分；而另外一大部分都建成了保护地，就是北方的蔬菜大棚。剩下的多半是离家较远的山地，这些地土质差，不耐干旱，种些玉米、谷子和豆类作物，耪地的人在这样的地里干活儿，心里一点儿也不踏实，因为这样的地受雨水的左右，跟他付出的劳动并不成正比，所以锄得索然无味。而大棚里的蔬菜并不需要抡着大锄来回地耪，打理这些蔬菜，是个细致活儿，即便松土也要握把小锄蹲下来，小心翼翼地干。

如今在乡下老家，因为锄地的活儿越来越少，所以会锄地的人也就越来越少了。年轻人不会锄地，稍年长的人也不怎么锄地，而会锄地的老者正渐渐地离世，耘（锄或者耪）的劳动像"耘"这个字一样，陷在了尴尬和寂寞里。

耘的意向有了变化，可土地上的艰辛却一点儿都没改变，蔬菜大棚这种乱了季节的事物，虽然丰富了我们的餐桌，却也乱了乡下人劳动的季节和规律。这里的锄禾，虽然不是"日当午"，可大棚里汇集了太多的日光，高温烘烤下的劳动依旧是"汗滴禾下土"。而且大棚里的耘要更加精心和细致，因为大棚里的植物没有大地里的庄稼皮实，它们像个娇生惯养的千金小姐，要农人小心地呵护和照顾，一天都不敢怠慢。大棚里的辛苦，只有农人自己知道，而我们这些吃着新鲜蔬菜的城里人，是看不到，也感知不到的。农人耘的艰辛和寂寞从某种意义上说，走向了更加尴尬的地步。

（原载《华夏散文》2012 年 7 期）

日子在风中

　　起风了，风在树梢上，光秃秃的大杨树被风挟持着摇头晃脑地甩动枝条；起风了，风在大地上，沙尘、破柴烂草由风纠集着在村庄里东奔西突。风翻过土墙，跃上屋顶，顺着烟囱往上爬，像个青面獠牙的魔女，劈手将母亲升起的那缕炊烟打倒，又让它虎生生从原路往回旋。倒回的青烟喘着粗气蓬头涨脸地从灶口喷出，将灶下的母亲呛得不住地流泪、咳嗽。母亲揩着泪眼跑出来，擤擤鼻子，甩甩手臂，望着烟囱说："又变天了！"几只当年的鸡迎着母亲甩手的姿势跑过来，尾巴被风撅成扇形。鸡们步态惊慌地在风中躲闪着，跑前跑后地围着母亲"咕咕"地叫，这首千百年前的鸡婆小调它们已经哼了大半年了，可这会儿母亲听了却很是厌烦，因为她知道，风来了，鸡们的生蛋能力就会迅速下滑，甚至还会白吃白喝地歇起冬来。风在院子里横冲直撞，立在门口的一把旧铁锹被它撞倒了，"啪"的一下砸向鸡群，鸡跳起来夹着翅膀仓皇逃窜。母亲弯腰去扶铁锹，风顺势跳起，打在母亲的脸上，而且将沙尘扬得母亲满脸都是，母亲扭头"呸"地吐了一口，迅速跑进屋子，"哐当"一下，风就被关在了门外面。

　　风继续在院子里大呼小叫，像个张牙舞爪的疯子，草屑、碎柴、沙尘，所有碎散的事物都被风揪着在院中打转转。它的影子不经意间就闯进了东墙角下的牛圈里，两只健硕的大黄牛十分懒散地趴在地上，一面深沉地咀嚼着体内的微薄积蓄，一面看着风冷冷地将一群正在地上觅食的小麻雀粗暴地轰起来。风忽高忽低，上蹿下跳，晾衣绳上一条氤氲着水汽的裤子，被风夸张地荡来荡去，显出惊魂未定的样子；三两只白色或蓝色的塑料包装袋也被风举着在空中狂舞；东墙脚下狗窝上面那捆用来遮风挡雨的苞米秸子更是被风掀了下来。黑狗正在窝里打盹儿，忽然就吓了一跳，它纵身跳出来，抻着脖子向着空中的风不住地狂吠。母亲烦，冲出门来，扬起手中的烧火棒向着它恶狠狠地砸过去，"嗷"的一声惨叫，狗的小腿被击中，然后它在母亲的骂声里心有余悸地叫着，一瘸一拐地跑出院子……

风在院子里折腾腻了，还会跑到田野去，对正在忙碌的父亲捣蛋。当冷秋里的第一场大风吹来时，父亲正在用独轮车从地里往回运秸秆。风跑过来，先是抢下父亲头上的那顶破旧的布帽子，且不费吹灰之力，就将其抛到了丈八米之外，害得父亲在田间磕磕绊绊地追赶；然后，它还趁父亲猫腰捆秸秆的时候，一次又一次地将父亲的衣服撩起，让他那黝黑的脊背暴露在冷秋的肃杀里。父亲直起腰，赌气将衣服的下摆扎进腰带里，风无奈，就向父亲的脸上扬沙尘，迷父亲的眼睛，父亲又气又恼，将帽檐压得低低的。而风的恶作剧却无处不在，父亲刚刚将捆好的秸秆码到车上，转身找缆绳的当儿，风就将秸秆推翻在地，让父亲越发的烦躁不安。在类似这样几次三番的较量过后，父亲总算推着满载的车走在路上了，可风却又挡在车前面给父亲施加阻力，让父亲走在田间的身影变得扭扭歪歪……

父亲走进村子时，村子里的风正和一群玩耍的孩子纠缠着，风将孩子的衣服吹得鼓鼓的，脸蛋儿红红的。"风儿顺，风儿乖，我在风中撞拐拐……"两个男孩在风中对峙着，各自用双手抱住一条蜷回的腿，然后在其他孩子欢快的歌谣中，蹦蹦跳跳地向着对方撞过去。"撞向南，撞向北，撞得牛牛散了腿……""呼！"一股风吹过来，一个男孩趔趄着迎风倒地，一场撞拐的游戏宣告结束。

南墙拐角处，几个晒太阳的老人避开风蹲在那儿，个个都愁眉不展地袖着手，缩着脖子，眯着眼睛，他们正长吁短叹地说着眼前的风。看见父亲推车摇摇晃晃地走过来，他们的话题便开始向着父亲延伸。那人站起身，干咳了一声，眼睛望着父亲，花白的山羊胡子抖抖地动起来："歇歇算了，这大风天的，较什么劲呀？"另一个好像和他有些不睦，吐出嘴里的烟蒂，哼道："这风从年头刮到年尾，照你这么说，天天歇着，那日子也就甭过了！"父亲在他们的争论中笑笑，仰头继续走在风中。

一年四季，父亲就是这样在风中走着。春天，他迎着风开犁播种；夏天，他又迎着风锄禾拔草；秋天，他依旧迎着风将地里的庄稼收回家中；冬天，他还是迎着风将倒过数遍的农家肥运到地里。辽西地区地处风口，一年四季都刮风，冬春时节最甚。父亲就这样日复一日地走在风中。在生活中，父亲每一天都在和风对视着、较量着，在与风的较量中，他付出汗水，收获着庄稼，也收获着快乐。

风又随父亲回到院中，两扇铁大门被风扭来扭去，哼哼唧唧地叫。黑狗瘸着腿，在父亲身边摇尾摆首地转，现出欢喜的样子。母亲却泪眼婆娑地抱怨说："这饭是做不熟了，烧啥柴都不着！"父亲皱着眉，在风的簇拥下将秸秆一捆一捆地码到后房檐下的山墙上。父亲想把整整一面墙都用秸秆严严实实地包裹起来，这样风就无法从后山墙窃取屋子里的温暖了！风是个无孔不入的家伙，甚至还有穿墙而入的本领。立冬过后，风就带着一股冷气从屋子的后墙慢慢往里渗透，几场冷空气过后，钻进屋里的风就会和冷气一道将屋里的温暖变成亮晶晶的白霜抹在后墙上，让寒冷在视觉上给家人先来个下马威。风还是个无情的冷面杀手，看见什么就毁坏什么，大门外几棵当年栽下的小树被风折断了；乘人不备，它还将晒在仓房顶上的半簸箕大枣翻倒地上，害得母亲在无法收拾残局的尴尬里无端遭受损失。

风来了，冬的脚步也就近了，夜间，一不留神，洋井里的存水就被冻成了冰砣砣，迫使父亲一大早就不得不在井边生火化冻。火烧许久，冰才化，父亲取出井碗里的胶皮抽子，用一根纤细的铁钎子顺着细黑的井管向下探，感觉通了，才将带弯勾样压柄的胶皮抽子重又安到井碗中。母亲一大瓢清水倒下去，父亲不住地上下抬压柄，井就鸭声鹅气地叫，然后，"哇"地一下吐出一尺多高的水柱来，水花溅得父亲满脸都是。母亲站在他身后窃笑，父亲就骂母亲："没脑子，知道变天，晚上也不想着摘掉井抽子！"母亲不服："你干什么去了？日子又不是我一个人过的！"他们吵着，声音越抬越高，风跳起来，将他们的吵架声压下去。鸡们躲在东墙根下默默地刨食，黑狗蹲在屋檐下，目光机警地看着远处，母亲嘟嘟囔囔地回到屋里点着火，又一股炊烟升起在房顶的风里，然后依旧是烟熏火燎下的眼泪、咳嗽、牢骚和怨气……

新的一天开始了，风依旧，日子依旧，日子在风中延续依旧。

（原载《少年文艺》2015 年 2 期）

正月初六，姥家门口唱落子。三舅赶着大马车，带着俩表姐，大张旗鼓地来接母亲去看戏。虽然童谣里唱："拉大张，扯大锯，姥家门口唱大戏，接闺女，带女婿，小外甥也要去……"可父亲却去不了，他得上班。哥和姐也去不了，他们要留下看家守院，于是，就显得十分的沮丧，姐阴着脸子，一声不响地帮母亲烧火做饭。哥表情愠怒，乘人不备，恨恨地抽打三舅大车上的骡子。母亲欢天喜地地包饺子、炒菜、烫酒，给三舅接风，也给自己饯行。吃完了，她就身手麻利地烧水洗头，给我和弟用香皂洗脸洗手，还抹了雪花膏，我和弟的小脸就香喷喷地白里透红；又给我们换上干净的衣裤，戴上帽子和围巾。我雀跃着说话，哥忍无可忍地看着，眼神里充满鄙视和嘲笑。姥家门口的落子还没开演，却把一家人的情绪弄得跟剧情似的喜怒不一。

三舅扬鞭催马，马蹄飞奔，一路烟尘。路过许多村庄，还捎载了十几个前去看落子的陌生人，一车人说说笑笑，热闹一路，欢愉一路。落子让闲了一冬的农人总算走进了排遣寂寞、愉悦心情的好日子。唱落子是村庄的盛事，也是十里八村的盛事，而接姑奶子看戏却是姥家的一件盛事！母亲带着我和弟，皇妃省亲一样的风光和招摇。几个妗子还有大大小小的孩子笑呵呵地立在大门外，列队迎候着，下了车，我们被人群簇拥着进屋，上炕，隆起火盆驱寒。有人殷勤地端上大枣、瓜子和糖块。大人们嘘寒问暖，地上大小不一的孩子好奇地挤着、看着、笑着。母亲主角似的被娘家人围着、捧着，拉家常。然后，母亲的姑姑，我白头白发的姑姥姥说话间也到了。还有三姨和大姨也都领着孩子脚前脚后地回来了。日子闲适，落子引来姑奶子和娘家人的大团聚，异常的幸福和快乐。

晚饭吃得仓促，一阵唢呐声传来，人们丢下碗筷，就扶老携幼，倾家而出。戏台搭在村子中央，演员都是土生土长的乡里人。那年月不唱才子佳人，只唱《小女婿》《刘巧儿》和《杨三姐告状》等近代剧目。香草、刘巧儿和杨三姐三个角色都由一个叫刘玉兰的漂亮姑娘扮演。她长得靓，唱得好，一街筒子人的心都被她勾着，如醉如痴。演刘巧儿时她穿水粉的上衣、翠绿的裤子，腰间系着蓝花的围裙，梳着李铁梅一样的大辫子，也挎个篮子，走着连环步。印象里她一会儿喜一会儿悲的，喜时，她唱喇叭腔："巧儿我自幼许配赵家，我和柱儿不认识，我怎能嫁他？"她高兴是因为她爹在区上给她退了亲，这一回她可以自己找婆家了；她悲伤是因为退亲后，她狠心贪财的爹又把她许给了有钱的老光棍王寿昌。悲时，她如泣如诉："我的爹他不该包办婚姻，狠心肠图钱财无有人情……"戏台高高的，我们却什么都看不到，台下黑压压的全是人。我们爬到一户人家的矮墙上，风就刀子一样割我们的脸。太冷了，挺不住，下来，互相勾着手钻进人群里，在大人们大腿的丛林里艰难地穿梭，依旧是除了黑，啥都看不见。看不见正好在人堆里捉迷藏，于是，在优美的唱腔里，伴着胡琴、唢呐，还有稀稀拉拉的鼓点声，我们悄悄地将自己隐藏，像一群快乐的小鱼潜入水底，不看落子和人海，只顾自娱自乐地陶醉。

而真正陶醉的是那些一动不动站在台下的大人们，他们像得了诏令一样从四面八方赶过来，不畏天寒地冻，津津有味地看戏，情绪跟着剧情跌宕，悲喜交加。那一刻，落子以复杂的情节演绎着农人真实的人生，让每个人都沉迷其中。农人看自己的落子就像是在看自己的老照片，透过斑驳枯黄的影像，总会忆起岁月里一些或深或浅的旧事。那一刻，对不懂艺术欣赏的农人来说，自己演的落子比露天电影里的各类战争片、样板戏里声情并茂的表演要真实和可信得多。

落子唱到九点多，习惯早睡的乡下人眼皮开始打架时，一出《刘巧儿》也接近了尾声。一街的人云彩一样散去，一村子的人进入梦乡时，十里八村赶来看戏的人还黑灯瞎火地走在回家的路上……

第二天上午，换上剧目《小女婿》。也是和封建包办婚姻做斗争的戏。这一回，刘玉兰演的香草同样遇到了一个贪财心狠的爹。这老头和可恶的媒婆一唱一和，拆散相亲相爱的香草和田喜，硬是把女儿嫁给了一个十来岁的毛孩子。后来，田喜和香草经过奋力抗争，终于获得了属于自己的爱情和幸福。这样的故事情节，是我长大后才了解的，那时候看戏，心思多半都在玩耍上，不用心再加上心智懵懂，所以就弄不清剧情。可大人们却看得有滋有味，闲下来的时候，说的唠的全是戏，说戏里的故事，也说演戏的人，说刘玉兰长得俊，可她爹攀高枝，把她许给大队书记的儿子真是白瞎了，那小子模样不咋地，还吃喝嫖赌没正事。后来，刘玉兰被县里的评剧团看中，想招她为正式演员，却被大队书记一家拦下了，原因是怕她去了县城跟儿子悔婚，为此刘玉兰还喝过卤水，当然这是后话。刘玉兰在戏里演绎着别人的爱情，敢作敢为，走出戏来却做不了自己婚姻和命运的主！艺术在生活之外十分理想化地演绎着人生，可人生却像奴隶一样被生活捉弄着，这是那个年代，刘玉兰作为乡村女人的悲哀和不幸！

落子唱了一天又一天，人们的心被落子迷着，而俩表姐该是迷得最痴的人。不光记住了大段的唱词，还产生了强烈的模仿行为。接下来我们玩的游戏，不再是藏猫猫、跳房子、打拨、跑占城或者踢毽子，而是演戏。她们取了花花绿绿的方巾子和长围脖披挂一身，用红头绳扎起一条大辫子，拈了姥爷写春联的大红纸，舔个鲜艳的红嘴唇，抹两个大红腮，翘起兰花指，咿咿呀呀地唱……唱得时光倒流，醉眼如丝。我们坐在炕沿上看表姐在地上演戏，像大人一样拍巴掌，异常夸张地叫好，所有的人都跟着她们沉醉。唯一没醉的是二舅刚满周岁的小儿子，他有点特立独行，迈着初学乍练的步子，顺着大炕歪歪斜斜地跑，跑够了，就坐下来抠窗台下面的墙皮，一片片的石灰墙皮被他绵软的小手艰难地抠下，除了成就感，小脑袋里还满是贪念，抠下的墙皮想统统装进口袋，却装串了，进了裤筒里，感觉不舒服，就哭喊。可看孩子的表姐正沉迷演戏，见没人搭理，他就气急败坏地尿裤子。石灰遇上童子尿立刻白烟升腾，他稚嫩的大腿被烧伤，疼痛难忍，大哭大闹。家人赶紧给他抹獾油，不好使，上消炎粉，也不顶用。一直大哭，他的哭声搅了一家人看戏、团聚的好心情，也让挨了揍的俩表姐从那天起再没了演戏的兴致。

　　大人除了看戏就是聚餐，平时难得回娘家的姑奶子们是座上宾，她们带着孩子被各家轮着请吃饭。村子虽小，姥家却是大户，十几家至亲排着号，从早到晚地轮，正月请客讲究吃饺子，七个碟八个碗地炒菜，喝酒。天天吃饺子，顿顿吃饺子，姑奶子们吃腻了也得笑呵呵地承受，可她们带来的孩子却不领情，一到吃饭就找碴儿。轮到老姥爷请客时，我弟终于忍无可忍地哭了，说："我要回家，我再也不想天天吃饺子了……"从那时起，饺子就成了我弟最讨厌的饭食。其实，那年月，过年时，每家从生产队领的面粉有限，只能是正月请客才可享受吃饺子的待遇，这一点，姑奶子们心知肚明，更心存感激，但我弟不理解，他哭闹着要回家，老舅拉着弟的手哄劝，说："走，我抱你看小羊羔吃奶去！"弟不去，使劲往外搋，只听"喀吧"一声，弟的手腕子就脱了臼。他哭得几乎背过气去，全家人乱作一团，请来会推拿的先生，手到病除，哭声戛然而止。然后各就各位，可饭还没吃几口，落子就开演了……

舞台上，刘玉兰穿朴素的印花小袄，依旧梳一条长辫子，这一回她演《杨三姐告状》里的杨三娥，是性格倔强、嫉恶如仇、誓死为屈死的二姐报仇雪恨的一个少女。和她演对手戏的二姐夫高占英，样子帅气，形象酷酷的，虽然在戏里干着杀妻灭子的丑恶勾当，可是因演员太英俊的缘故，感官上却不能引起观者内心的憎恨与厌恶。大家对人物的反应顶多是恨铁不成钢的遗憾和惋惜，不存丝毫的反感，尤其是小姨，在枪毙高占英的结局里，还哭得梨花带雨。这样鹤立鸡群的美男子在乡下最惹人眼目，招人喜欢。卸了装，从戏里出来，他腰板挺阔地走在大街上，该掠去多少怀春少女的眼波呀？小姨后来在找对象这件事上变得异常的挑剔，都是因为他的酷和帅在她心里生了根，这根像一截标杆，时刻衡量着介绍给她的那个人，害得她最终都没能找到一个十分中意的人。应该说落子不光愉悦农人的生活，有时候还影响着他们的人生。

人们迷恋落子，白天在台下没看够，喜欢看唱本的三姥爷就找出珍藏的本子接着唱。这些本子都是识文断字的姥爷帮他抄的，用粗线装订成册后，就宝贝一样藏着，闲时，动不动就聚一帮人唱上半天一晌午。三姥爷是个文盲，却会声情并茂地读剧本，这在许多人看来都是不可思议的事情，可令三姥爷不可思议的是，同一个字在剧本上他认得，放在别处就不认识。这会儿，他坐在昏黄的灯下，戴上老花镜，一个人挑起剧本里所有的角色，旁白、尖着嗓子念白、唱词，弄得有声有色。一屋子的人围着他，凝神静气地捧场。也有叫好的，那是听得入了戏，情不自禁地赞美。三姥爷被听众的虔诚和热情抬举着，众星捧月般的显耀。他精灵一样遨游在剧本里，忘记了平时因为沉迷看剧本，被人视为另类的尴尬，更忘记了因为看剧本，在"文化大革命"中被游街批斗的痛苦。

其实不光三姥爷不懂得"迷恋什么就会为什么所伤"的道理，就连小姨、

○45

俩表姐及我们所有人也都未必清楚这些,我们的聪明或明白往往都是在走过、经过之后才有的。

　　落子唱了五天,村里人的生活被落子推向非常态中,村里人过年的喜庆也被落子推向了高潮,十里八村的人纷纷涌向这里,小小的村庄因为落子而欢腾着。这期间除了吃喝就是看戏,大家借着看落子走亲串友,联络感情,也借着看落子接姑奶子回家团聚,在孩子们吵吵闹闹的欢愉中,把积攒一年的亲情话说透了,把相互思念的情感债还清了,然后再心无记挂地回到各自的位置,迎接这一年春夏秋冬的日子。而日子漫长,像生活中的一出大戏,要用一辈子的光阴和人生,去慢慢地唱……

（原载《中国散文家》2013 年 6 期）

光阴里的后院

　　后院在老宅近百年的岁月里，承载着太多隐蔽、荫翳的光阴，像一个人尘封起来的灵魂，终日躲在瓦屋的背后，安静地享受着一份悄然的孤独和寂寥。斑驳的石墙，窄小的柴门，大片的阳光被房子遮去。院内有一个浑圆尖顶的仓囤、一垛经年的柴火、几棵老树，外加一些立在墙边的秸秆，或许还有一个厕所，甚至还有巴掌大的一块菜地，种些喜阴的芫荽和芹菜。柴火垛里有时还住着行为诡异、狡猾的黄鼠狼，让阴凉的后院多出几分神秘和阴森。我小时候从来不敢一个人去后院，因为后院里不光有黄鼠狼，东墙根下临时搭建的偏厦里，还有爷爷的寿木。那寿木一年四季都蛮荒地霸在那儿，桔黄的色泽常常将臆想中的死亡推向深不可测的恐怖。还有爷爷那些早年备下的装老衣裳，虽然平时压在柜底，可每年的除夕，他都会找出来穿一穿，这些衣服是和那口寿木连在一起的，都是爷爷百年之后享用的东西。爷爷每年除夕穿这些衣服时都会说，活着时穿穿，到了阴曹地府也就穿着它过生活了。可是，如今我每次梦见他，他却始终穿着短衫长裤，从来都是活着时居家过日子的那一身打扮。也不知那华丽的长袍大褂都弄到哪儿去了？不会到了那边还作为压柜底的物件吧？除夕之夜，爷爷手握旱烟袋，身穿青缎子的棉袍大袄，笑盈盈地坐在炕上的情景常常让人恍惚回到了古旧的过去。那时候的爷爷是硬朗的。守着红红的炭火盆，讲他早年走南闯北的经历，带着从容的笑，火盆边上的铁撑子里还温着漆黑的冻梨。我们三五个孩子在大人的怂恿下，一遍又一遍地趴在炕上给他磕头，几枚崭新的钱票十分诱惑地捏在他的

手上，说磕头就给压岁钱。不知轻重的弟弟，"咚"地一下重重地磕下去，额头就青了，"哇"的一声大哭，再多的钱票也难以抚慰他的痛了。

过年时杀的猪的肉都锁进后院的仓囤里，黏豆包也放到那里边，还有新冻的豆腐、买回来的各种年货，这时后院因为一座仓囤顿时就变得丰饶起来。但后院依旧是寂寞的，除了大人们取东西、上厕所去后院，我们小孩子是很少去后院玩耍的，即便是藏猫猫这样十分隐匿的游戏也从来不到后院去做，尽管我们都知道后院的柴火垛、秸秆后面就是最好的藏匿地点，可谁也不愿一个人心惊肉跳地面对那阴森的寿木和神秘莫测的黄鼠狼。平常日子，如果哪个孩子不听话，或没事找事地哭闹，大人就会发出"再哭就把你扔到后院去"的警告。于是那哭声就会立刻憋到喉咙里去。大人们之所以这样说，是因为他们早已摸透了我们孩子恐惧后院的心理。我们都害怕后院，后院就因为畏惧变得更加寂寞。过年的时候，前院被打扫得干干净净，又贴对联又挂红灯笼，鞭炮从早到晚噼里啪啦地放。可后院除了屋子后门上的对联，顶多也就是在仓囤的门上贴上"五谷丰登"之类的吉祥话，这和贴在猪圈墙上的"肥猪满圈"意思差不多，都是祈求生活富裕、人畜兴旺的一种愿望。孩子们在前院跑来跑去，鸡鸭鹅狗也在前院跳来跳去，前院里的阳光显得异常的鲜亮，照着我们新做的花衣裳，跑跳的身影也异常的生动灵活。可后院几乎是不见阳光的，阴冷伴它走过漫长的冬天，差不多小半年的时间，它把一座院子的寒冷都独自包揽着。从春天到冬天，后院就守着一棵老杏树和一棵大枣树、孤独的仓囤，还有屋檐下的一群麻雀，在前院的笑语喧哗中默默地度着光阴。

后院最喧闹风光的日子该是杏和枣子成熟的时候。那时恰是夏天，太阳从头顶上照进后院，后院里的事物就亮灿起来了，这是它一年里少有的好时光。好几十年的光阴过去后，老杏树情怀依旧，累累的果实挂满枝头。善于爬树的小叔叔这时候是最得意的一个人，他身上斜挎着布兜袋，三两下就上到了大杏树上，然后就骑在树丫间摘黄黄的杏子，一边摘还一边唱着小曲，很得意的样子。摘满一兜他就爬下来，将杏子倒进地上的大筛子里，一眨眼的工夫又上去了。我们几个孩子嘴里咬着杏子，仰着脸，笑嘻嘻地看着他爬上爬下。有时候，他还会拿杏子居高临下地砸我们的脑袋，我们喊着他的外号"狗子"，在树下抱着脑袋躲闪着跑，嘎嘎地笑。他摘完了杏子，下来，还会抓住喊他狗子最欢的那个人，进行惩罚，将他抱起来朝着东墙边的寿木跑去，吓唬说放进棺材里去，接着就会引来一片求饶声。他挟持着在他怀里又蹬又踹的孩子，嘴里一边骂着"小兔崽子"之类的话，一边哈哈大笑。笑声回荡在后院里，仿佛这里沉睡的光阴都被他笑醒了。

枣子成熟的时候是在秋天，大枣树该是村子里最大的一棵树，粗糙的树干，我们好几个人拉起手来才能将它抱住。枣子成熟时像许多垂挂的小灯笼，高高地悬在上面，我们常常仰着头向上面望着，心急火燎地盼着收枣的那一天。收枣子是不需要爬树的，只是在树下面铺上苇席或苫布之类的东西，用竹竿子打就可以了。大人们握着竹竿"啪啪"地打，枣子就像雹子一样落下来，砸得我们的小脑袋生疼。这样打下来的不只是枣子，还有成串的树叶，厚厚的一大片，捡枣的时候，顺便将叶子丢掉，框子里就剩脆生生的大枣了。那些通红柔软的枣子多半是生了虫子的，半红半绿的，是还没熟透的，口感有点儿差，只有又红又硬的才好吃。打了枣子后，选出个大且完好无损的，用白酒拌了装进密封的坛子里，叫醉枣；剩下的，装进布口袋放到炕上，慢慢烘着，叫炕枣。

枣子打完了，后院就变得凄凉了。秋风一吹，萧瑟满目。去后院的人都禁不住喊"冷"。几场霜雪下来，后院就进入了漫长寂寞的冬季。因为怕冷的缘故，没事谁都不愿到后院去。我们几个孩子更是远远地躲着，因为越是少有人去的地方，我们就越感觉惶恐。后院的风很大，后门常被风刮得"咣咣"地响，像是急于要进屋的凶神恶煞，总是令人在月黑风高的晚上心里生出无限的悸动。风在后院闹得甚了，大人们就会用秸秆在后门口搭一个临时的防风洞，这样，风就找不到房子的门了。一个冬天，我们都猫在屋子里，任凭后院在风的肆虐中萧条地度着光阴。

光阴一闪即逝，没几年的工夫，爷爷就走了。爷爷走了，后院的寿木也没有了。老房子旧了，又翻盖了一回。老杏树死掉了，被连根拔起。大枣树倒还活着，只是也到了青黄不接的年纪。当年畏惧后院的孩子也都长大了，长大的孩子没有一个人住在老院子里，他们和村庄里的年轻人一样，都到城里讨生活去了，这里只有年逾古稀的二叔二婶守着。后院和村庄一样显得空寂、荒凉了许多。我有时候回去，走进后院，抱一抱大枣树，望着眼前体弱多病的两位老人，听着风打门板的喧嚣，心里就会升起一丝酸楚和悲凉。院子老了，院子里的人也老了，唯一不老的是留在院子里的那些记忆。

（原载《散文百家》2011 年 7 期）

石头上的村庄

　　去八盘沟，顺着公路左边的岔道拐进去，首先遇见的是八盘沟水库。水库属袖珍版，它的长度，拿步量的话，估计也不过两百步。水库边上，一座山头岩石裸露，光秃秃的样子像个脱光衣服正要下水的野小子。太阳在头顶上瞪着大眼睛，正热辣辣地盯着水面看。水害羞，扯一小块天空当衣裳，弄两朵云做帕子，静静地在风里荡漾着。太阳醉了，把目光揉碎撒进水里，水就变得波光粼粼的。蝈蝈在草地里弹琴，把这儿弄得跟音乐会似的。几只山雀飞来飞去，水留住它们的影子，也把自己的情意送给雀儿，雀儿唱着歌掠过水面，扑棱着翅膀飞走了，水的心思就被雀儿搅乱，带走了。水随雀儿掠过山头，化作积雨云，时不时地在八沟十三岔里来场阵雨，庄稼和植被就多一份滋润，村里人称这是"小气候"。梯田里的苞米被水的心思滋养着，长势喜人。村里和山上的树木、植物被水的心思滋润着，也异常的繁茂。茂盛的植物和庄稼比着赛着吐氧，让八盘沟像一个天然的绿色大氧吧，人走进来总感觉神清气爽。

　　旁边的水泥路像水库曳向八盘沟的一条飘带。沿路走进去，就和村子一起淹没在了庄稼和树木里，村庄里的人家在苞米和树木的绿意里忽隐忽现。村子背靠一座大山，面朝八沟十三岔。石头的房子和院墙，错落有致，多数人家的院子里和园子边上都种着蜀葵、大丽花和其他花花草草，就连坝墙边的荒草地上也开满了鲜艳的牵牛花，这些花让村庄看上去喜庆、吉祥。村口有一眼清泉，被几块原石砌成一个方形的小井，样子小小的，水浅浅的，却看不到泉眼，尝一口，清纯甘洌、沁凉。据说这泉冬暖夏凉，十分体贴。体贴是人的情愫，泉有这样的行为，真是叫人感慨。井是留不住泉的。渗出的泉水，自成一条瘦小的溪，不紧不慢地朝着远处流去，溪水掩在绿草和野花里，像泉的梦，虽然缥缈，却有声有色。泉是老泉，传说有千年的造化，这也是村人赋予泉的神性。

绕过泉眼往上走，想去参观当年国家领导人宋任穷的驻地，路过村民徐树坤的家时，他正在大门口站着，一脸真诚地邀请我们去看看他收藏的石头。走进他的小厢房，有些震撼，各种各样的石头摆了一屋子，问这些石头哪儿来的？说都是他从山上捡来的。那一刻，我感觉八盘沟的山不止险峻，还是个盛产奇石的大宝库。一件一件地看，石头上的奇特花纹，看得我们眼花缭乱，有个蓝灰色的鹅卵石上还有一匹奔跑的马，样子活灵活现，让人不敢相信自己的眼睛，因为样子太传神、太逼真了，很多同伴就怀疑它是假的，这让我想起《红楼梦》里的话来："假作真时真亦假。"是啊，在这个假货猖獗的年代，真真假假还真是难以分辨。但徐家大哥说，这块石头有人出到七位数，他都没卖。这话听起来有点儿玄乎，作为乡村的小家敝户，上百万元的数目可是不小的诱惑。但我没问他不卖的原因，望着他满屋的石头，还有他让我们看石头时幸福的眼神，我能感觉出来，石头在他心里是无价的。或许对他来说，金钱钞票就是过眼云烟，只有这些石头才是实实在在的宝贝，他守住了石头，也就守住了他永远的财富。

八盘沟真是石头的天地，山上奇峰怪石林立，南天门、大小棒槌石、常仙洞、老子讲学石、盼君石等，诸多石头的景观带着一个又一个的传说显现在大柏山脉中，让八盘沟看上去神秘又浪漫。石头是八盘沟人生活的依据，山间的梯田是由石头垒就的，石头垒起的坝墙把山里的薄土和水分聚拢起来，田地就有了。八盘沟的石头是有性格的，它们棱角分明，具有很强的协作精神，个顶个都是搁哪儿在哪儿的好料，无论砌墙还是垒坝，都无须胶泥黏合，石头们配合默契，相互咬合，然后形成坚不可摧的整体，这样的整体是八盘沟的风景，也是八盘沟人垒石技能的集中体现，不用任何外界条件，完全利用石头自身的棱角，让它们结合在一起，顺其自然，因势利导，这样的智慧真是令人称道。石头不光垒坝，也盖房子、砌院墙。村子里的房子墙壁用石头垒起来，房顶上抹的是石灰。石头坚硬，不朽不腐，石头盖的房子在使用寿命上胜过来自泥土的砖瓦。房子周围的石头院墙跟这些石头的房子相呼应，看着厚重、纯粹。这是石头的世界，石头在这里是充满了灵性的事物，它就像八盘沟的人，灵动、坚韧、厚实。

从徐家出来，往村子上面走，就到了一户宅院前，院子里有一个牌子，标注的是宋任穷住所。当年宋任穷在东北任职时，受到"文化大革命"的冲击，曾在八盘沟下放劳动过，他当时就住在这户人家里。这家人姓曲，是老书记曲振生的叔叔家。老书记和他的叔叔都已过世，但老书记的婶婶——当年的主妇还健在，92岁了，身体硬朗，耳不聋，眼不花，我们来的时候，就老太太一个人在家，正坐在院子的花墙上洗衣服。老太太和村里的许多人一样，纯粹善良得心无设防，见了我们，也不问是哪里来的、干什么的，就笑呵呵地说："进屋里坐坐吧！"我们想知道当年宋书记住哪间房，她告诉我们是东屋。我们就进到东屋参观，屋子里的大炕上有老箱子，地下也有前些年的组合家具，组合柜的玻璃上、墙上挂的相镜里镶满了照片，密密麻麻的，仔细找一找，没有宋书记的。据说，宋书记当年是留有一张照片的，但是被他们当宝贝珍藏起来了。从屋里出来，用手机给老人拍了照，他们家院子里也种了很多花，都是高棵的蜀葵，鲜红的、嫩粉的，招招摇摇的好看。白头白发的老人坐在开满鲜花的院子里，给人的感觉有点儿像油画。

也想去已过世的老书记曲振生的家里看看，不巧，他的家人不在家。就只好去山里看他当年带领村民修筑的那些梯田。梯田在山峪里被石墙抬着，一级一级地朝着山里延伸，从山脚开始，整齐的石墙叠罗汉一样逐级升高，田里种着玉米，远远望去就像铺了绿毯的天梯。梯田防水土流失的同时，在山多地少的八盘沟，极大地增加了土地种植的面积。八盘沟的梯田也是一个时代的产物，那时候，全国的造田运动风起云涌，山西省昔阳县大寨村以陈永贵为代表的一村的农民被树为旗帜，和全国的广大农民一样，在这面旗帜的感召下，在村书记曲振生的率领下，朝阳八盘沟的农民也掀起了大规模的开山造田运动。他们日夜苦战，在八条山沟的十三个沟岔里，筑坝造田800多亩，创造了朝阳乃至辽宁造田史上的一个奇迹。这些梯田也让带领村民大干、实干加苦干的村书记曲振生成了一个风云人物，梯田让他由一个农民变成了省革委会委员、省政协委员。梯田也让他作为党代表参加了党的第十次全国代表大会，还作为全国劳动模范受到毛泽东、周恩来、朱德等国家领导人的接见。梯田是老书记曲振生的荣耀，也是八盘沟的荣耀，"远学大寨，近学八盘沟"是个那年代朝阳最流行的口号。应该说，八盘沟这个大柏山脚下的小村子是写进了朝阳历史，甚至辽宁历史的一个地方。历史在一页一页地往后翻，八盘沟修田筑坝的历史翻过去后，老书记也带着他不平凡的一生去了另一个世界，他的坟墓就在山间的梯田里，他风光的人生如今也已化作了八盘沟里的一抔土。此刻，我站在梯田边上的山间小道上，想象他们开山造田的火热场面，眼前却是一片异常祥和平静的世界。

梯田里的玉米亭亭地立着，头上插着招摇的穗子，怀里抱着严严实实包裹着的娃娃，玉米娃娃刚刚吐缨，估计还没有长粒。玉米是庄稼里的汉子，粗壮、大气。往那儿一站，稳稳当当，天生就有一种气场。山上的植物被玉米的气场感染着，正在跟夏天赛跑，炎炎的烈日下，它们忍着干旱，率性、顽强地生长，就像这山里的男人和女人，从头到脚透射着一股韧劲。

沿着山边小路往里走，就是大小棒槌峰景区。路边的山杏、山枣、荆条及各种矮棵植物旁枝斜逸，看着茂密、光鲜；柴胡、黄芩、防风、远志、桔梗等各类中草药随处可见；还有覆盆子，村里人叫它托盘，鲜艳艳、水灵灵的好看，也好吃。阴坡的柴草间，一丛丛金黄色的野花风情别致地开着，看着眼熟，却叫不上名字。山上的植被真多，一路走来，绿意浓浓的，像化不开的情意始终伴随在身边。山峰奇峻，山路修远，不知还要走多远，才能到达大小棒槌峰。踌躇间，已近晌午，只好收住脚步，往回返。可是回来后，先行抵达棒槌峰的人却说，转过山头就到了。唉，人都是这样，渴望抵达的地方，在无法预知的空间或时间面前往往放弃后才知道它就近在咫尺。所以，有些时候，只要坚持一下，成功和梦想就会变成现实。

八盘沟的山巍峨、险峻，它的风景在远处，也在近处。待在梯田和山峦环绕的村子里，总有种穿越时空的神秘和浪漫萦绕于心。是啊，这个被列入中国传统村落名录的地方，在坚守着古朴和纯粹的同时，始终都在向世人展示着八盘沟人的智慧和品性。就像当年利用遍地的石头造田砌坝、建房垒墙一样，如今，他们让这里的风光和梯田以自己的卓尔不群再一次走进了人们的视线。村书记李春军的农民春晚，还有桃花节和油菜花观光节等都吸引着外面的人你来我往地走进八盘沟。八盘沟的美在游人的言谈里、文字中和照片上被传递着、传颂着，像一个小家碧玉的美人再一次走出了深闺，不觉间就成了大家瞩目的一道风景。

此刻，正值盛夏，桃花节和油菜花观光节早已落下帷幕。碧绿的桃园里，累累的硕果难掩丰收的喜色。收割完的油菜地则翻种成了矮棵的油葵，在大小棒槌沟口的梯田里，我们看到了它们破土而出的秧苗，一株株的嫩芽像一双双小手，捧着心形的嫩叶在阳光下正唱着无声的歌。我站在梯田边上，想象着遍地太阳花开的景象，想象着仲秋时节，花儿带来的另一场观光盛宴，就很想为村书记李春军点个赞。这位年富力强的村官，曾以一个农民自费办春晚 20 年的艰难历程，为人们所赞叹。如今，作为八盘沟的带头人，打造生态旅游，富裕一方百姓，是他的领导理念，也是他的梦想。走进八盘沟之前，在北四家子中学的篮球场上见到他时，他正作为球员，身手敏捷地奔跑在球场上，他矫健的身影、朴实的脸庞，看着刚毅、自信、阳光。那是八盘沟人特有的神态和气质，也是大柏山脚下这方水土养育出的辽西农民的神态和气质。

（原载《作家天地》2015 年 4 期）

第一辑 庄里庄外

一本散着乡愁的画册

七道岭是好兄弟文晓辉的老家，更是个亲情和乡情很浓的地方。这几年，文友们跟着晓辉一次又一次地奔赴那里，坐在晓辉家的大炕上，吃纯正丰盛的农家饭、在碧水悠悠的图良河边捡玛瑙奇石、去苏家营子看苍鹭、到马架子村的南山上赏丁香花、参观七道岭的赛马场和滑雪场、到青云山里探访青云禅寺……我们这些来自异乡的人像一群不客气的乡党或故人，在这块土地上来去自由地频繁走动，走过太多的风景后，那里的风土人情也像一幅幅水墨画，带着淡淡的乡愁时时在眼前闪过……

画面之一：村庄与苍鹭

走进苏家营子的村庄，看见村里村外白杨树上密密麻麻的鹭巢，心里一阵惊喜。将车停在一户牛姓人家的门前，举头仰望，泊在树上的苍鹭竟看得真真切切：一对硕大的鸟儿亲昵地站在枝头，望着尚未竣工的巢，在窃窃私语。然后，雄鸟舒展着长长的翅膀，在头顶的天空中翩飞鸣叫，我们的视线跟着它在阳光下盘旋，忽上忽下，像一个绚丽多姿的梦！然后，它舞着羽翅，优雅地飞向远处，雌鸟倚在枝头，目光幽远，小妇人一样深情地望着它。没有专业的摄影相机，拍不下这特写的美，老牛头儿就热情地引我们到屋里，看他家挂在墙上的照片。他的屋子收拾得一尘不染，厨房外面的小走廊上挂了好几幅苍鹭的巨照，这些照片都是专业摄影人赠予他的。他是退休老教师，也是村里鸟类保护协会的会长。望着那些鹭巢，我好奇地问："总共有多少只呀？"他答："四五百只，多时上千。每年惊蛰前后来，到十月份才离开。"说起这些鸟儿，老牛头儿脸上立刻布满了喜色，像是在炫耀自己的奇珍异宝，内心的快乐和自豪顿时从如数家珍一样的话语中流露出来。是啊，村民们每天与苍鹭为邻，看它们在自家门前飞来飞去，快乐地筑巢，美满地恩爱，幸福地生儿育女；看太多的外乡人来这里看苍鹭、拍苍鹭，看与自己朝夕相对的苍鹭被数不清的爱鹭人写进文字里、摄进相机里，然后发到报上或网上，千八百里外的人因为苍鹭知道朝阳县七道岭镇苏家营子这个小村子，这该是多么令人自豪和兴奋的事儿啊！

这一刻，我也很兴奋，头一回近距离地见到这么多苍鹭，不是在野外，而是在人鹭共处的村庄里。那些苍鹭像是村人散养的家禽，心无芥蒂地在他们的房前屋后，或大或小的树上搭巢，组成家庭，生养下一代，时间长达半年之久。村人像爱护自己的家禽一样与之相处，还成立了鸟类保护协会，不止一次地救助那些失足跌落的幼鸟。此刻，望着苍鹭在村人的院落上空飞舞欢歌的样子，我心里蓦地升起许多无法言说的情愫，有一丝感动，还有一丝感慨和震撼。人和动物能够如此和谐地相处，不仅让我们看到了苍鹭的福祉，更让我们看到了村人爱护动物的美德和善举。

苍鹭是大型水边鸟类，主要以鱼虾为食，捕食的时候，总是伸长脖子静静等待鱼群的经过，所以当地人也叫它"长脖老等"。苍鹭在我国分布比较广，但近些年随着自然环境的恶化，数量越来越少，这里的苍鹭该是朝阳地区数量最多的，而且是离人最近的。这些野生的迁徙大鸟像燕子一样住在村人的房前屋后，不能不说是件稀罕事。村庄不大，房屋错落有致，杨树是村子里最显眼的树木，它们在村人的房前屋后安静地站着，苍鹭将巢穴安在树上，与村人比邻而居，小凌河静静地在村口流过，河里的鱼虾，喂养着村人的鸭和鹅，也喂养着树上的苍鹭。村人认苍鹭是村庄的鸟儿，苍鹭认村子是自己的村庄，这是多么和谐幸福的景致呀！

我们在村子里看苍鹭，和所有的来访者一样，脚踩着村庄的土路，追着苍鹭的身影拍摄，也以筑满鹭巢的一棵棵大杨树为背景，合影留念。快乐，却不敢大声喧哗，因为我们的贸然到访，已经搅了这里的宁静与祥和。

苍鹭是苏家营子一道独特的风景。有风景就会招来看风景的人，村东头的高地上，那么多的摄影爱好者，正架着"长枪短炮"在拍苍鹭。老牛头儿还在自家的小平房顶上设个观测点，供参观拍摄的人使用。顺着梯子爬上房顶，树上的苍鹭巢在视野里就低了很多。大杨树在房子的对面，中间只隔着一个小小的院子，我站在这样的高度去看苍鹭，忽然发现苍鹭不再高高在上。生活中，对很多人和物，我习惯了仰视，尤其对苍鹭这样的尤物更应该伏低伏小才是。可人都是这样，一激动就容易冲动，我一冲动就如此刻意地抬高自己来面对苍鹭了！这样的意念让我感到羞愧，心里也顿时没了底气，匆匆地顺着梯子爬下来，我的心才总算和双脚一起落地了，这时再仰头看苍鹭，我蓦地发现自己不那么心虚了。

也许老牛头儿和村民们面对苍鹭从来都没心虚过，因为他们是村里的鸟类保护者，救助那些不慎从树上跌落下来的小苍鹭，保护苍鹭群是村民们的自觉与担当。他们的善举，苍鹭心里是感知和感念的，它们每年春天飞越千山万水，从南方或更遥远的澳洲抵达辽西，落脚苏家营子，在这里生儿育女，一待就是大半年的时间，苏家营子因为苍鹭出了名，今年还被列入了辽宁省传统古村落名录，这也许就是苍鹭对苏家营子人的回报吧。

七道岭人的梦想就是以苍鹭保护为依托，对苏家营子村进行全面规划设计。先是申报了省级自然保护区，这样，省环保厅就会批准投资 200 万元进行湿地工程建设；接下来，他们就对苏家营子苍鹭生态自然保护区进行全方位规划和包装，打造以观鸟、赏景、垂钓、采摘、餐饮为一体的休闲旅游场所。计划新建拦水坝 5 座，建湿地 500 亩，建特色蒙古包 10 处，搭建观鸟台 2 处，修垂钓园 2 处，开发红石砬子、晃荡石 2 个景点。另外，他们还想在苍鹭繁育期间增添油菜花的种植，来补充和丰富旅游景观等。

我站在河边想七道岭人的梦想蓝图，眼前浮现出一幅画面：春夏之交，油菜花开，芳香四溢，苍鹭鸣叫着在村庄的上空盘旋飞舞，游人欢声笑语地在村庄里游览观光，村外的水坝上、湿地、观鸟台、垂钓园里到处都是兴致勃勃的游人，那该是怎样热闹和欢愉的景象啊！

画面之二：李永福和评剧

那天，去拜访苏家营子村的老艺人李永福老人时，他显得很庄重，刻意换了干净的衣服，静静地坐在家里的大炕上等候着我们的到来。见面的那一刻，老人忙不迭地从炕上下来，局促得像个羞于见人的小女孩，腼腆地笑着，露出一口整齐的假牙，80多岁的人，依旧精神矍铄。但说起评剧，老人就打开了话匣子，全然没了初见时的拘谨和腼腆。早年间，他是村里剧团的团长，专演丑角。他如数家珍一样说着他们剧团的剧目，说到兴奋处，干脆亮开嗓子，给我们唱了一大段《牧羊圈》，虽然是清唱，却也有板有眼，显出一个专业艺人的功底。望着老人修长清瘦的背影，我想象着他风华正茂时的舞台形象。那该是一个儒雅的丑角，洪亮的嗓音、纯正的唱腔、抑扬顿挫的念白、娴熟利落的表演动作，一招一式都彰显着他独特的风范。走下舞台，他又是那个严谨亲和的领导，带领一班人马，常年奔波在辽西的村村落落，唱农民们喜闻乐见的戏，每到一个地方前，十里八村的人都翘首以待，那是农民发自内心的期待和喜欢。舞台上，他们是帝王将相、才子佳人；舞台下，他们是土里刨食的农民。农民演戏给农民看，看的人喜欢，演的人有兴致，于是，演戏的人就把戏看成了生命里顶顶重要的大事，从春天演到冬天，逢年过节、农闲时节，只要想看戏，戏班子就会搭起台子唱上个十天八天的，只要戏台一搭起来，十里八村的人就都聚来了，男女老少，拖家带口，该来的都来了，像节日。那年月，没有电视，在乡村除了广播、收音机和个把月才演一场的露天电影，几乎没有什么娱乐节目，所以演戏就是乡村的盛事，也是村庄的节日。

辽西土地贫瘠，历史却深厚，文化源远流长，常见的戏曲有皮影和评剧（或落子）。皮影的剧目较长，一出戏往往一唱就是十天半个月的。评剧都是传统的剧目，如《茶瓶记》《花为媒》《大登殿》《拾玉镯》《杨八姐游春》《牧羊圈》《杨三姐告状》等，也有新编剧《小女婿》和《刘巧儿》。一个剧团十几个人，生旦净末丑，吹打弹拉各司其职。一个团通常有一个团长，也叫会首。剧团去哪里演出都是义务演出，没有演出费，只要管吃住就行了。老李头就是这样的会首，我们叫他团长。如今，团长还在，但剧团早已不复存在了，因为热爱唱戏的人老了或者走了，村里没有年轻人来传承和接续他们。如今的年轻人大多去了城市，生活的大戏也许比舞台上的更能体现他们的人生。苏家营子的戏曲到李永福老人这一代为止，就画上了句号。

走出李老爷子的家，回望他站在大门口单薄枯瘦的身影，心里有些不是滋味，为他早已逝去的评剧团？还是为他不再年轻的人生？我说不清，只是感觉很多东西在时间的长河里转瞬即逝，不容回忆和挽留。苏家营子的剧团是这样，世上所有的人、物和事也都是如此，所以我们该学会珍惜，珍惜此刻你所拥有的一切，正如戏文里说的"不负卿来，不负我"，才是人生最美的状态。

画面之三：释广成和寺庙

青云山是七道岭镇的一座名山，它的自然灵秀、藏风聚气之象，天生就是佛家修行的风水宝地。山中小溪流水潺潺，植被异常茂盛。滴水洞里的神灵圣水润泽着万物生灵，这里的树木看上去遮天蔽日，林中古树老藤缠绕，野花星星点点地在柴草间闪烁。鸟声亦远亦近，清脆婉转。炎炎盛夏，走在山里，却凉爽宜人。在山凹开阔的平地上，当青云禅寺十分显赫地闯进视线时，我最想知道的就是它的前生今世。

在一间居士房里见到这里唯一的守寺人——一个来自黑龙江的年轻僧人，却不能说出所以然来。他刚来这里没多久，除了空寂，也许还没有顾及到更多的东西，包括这座寺院死而复生的历史。我在寺院里走一圈，细细地看碑记，知道寺院始建于清乾隆年间，整座寺院分三层，有大雄宝殿、凌霄宝殿和九圣神祠。晓辉说，在寺院左中下部位有一椭圆形巨石，从高处看，寺院就像一个巨大的"玉"字，这巨石就是玉字的一点。还说，院内曾有柏树三棵、榆树一棵。"文化大革命"期间，寺院损毁严重，几乎片瓦不留，现今仅存一棵古榆树和椭圆形巨石。抬眼望去，巨石就在大榆树的旁边，十分显眼，这一石一树像两个虔诚的出家人，多少年来，无论经历怎样的狂风暴雨，都始终如一地守在这里。终于，它们等来了释广成师傅，这个复建青云禅寺的中年僧人。2003 年，在住持师傅释广成及社会各界的努力下，青云禅寺大雄宝殿得以复建完成，殿内供奉释迦牟尼、药师佛、阿弥陀佛及十八罗汉。2005 年凌霄宝殿也复建完毕，殿内供奉玉皇大帝等诸神。建功德碑一座，捐资的善男信女名列其上。建居士房 21 间。2001 年锦州双凌精密铸造厂捐赠铜钟一口，置于巨石旁边，在阳光下灿灿耀眼。

寺院后面建了一座小小的九圣神祠。寺院左下方的山沟里建了地母庙、九仙堂和被称作"妙灵圣水"的滴水洞三个微型庙宇。我们走进九仙堂，仿佛走进了人物雕塑的展示间，以胡三太爷和胡三太奶为首的胡仙一族，外加红龙、黄龙、青龙、白龙、黑龙及以金、银花教主为代表的常仙一族都在这里，每一位仙都有端庄的塑像，样子十分生动，慈眉善目的模样令人肃然起敬。众仙端坐，不动声色，神威却扑面而至。一只山雀静静地立在一位仙人的肩头上，凝神静思。它的巢就在屋子里一角的上方，巢里的几只幼鸟正嗷嗷待哺。看见我们进来，它就想飞出去，可是慌乱中，却把透明的玻璃窗当成了门，几次飞冲，都不成功，就泄气了。我有同伴伸手给它，它就飞到他的手上，被他举着，任我们拍照和观赏。那一刻，它没了一点儿野性，安静乖巧得像一只任由我们把玩的宠物鸟。

妙灵圣水是发自石洞里的一股山泉，泉水甘洌，据说能医病祛疾，自古为当地百姓所信奉。在这山里，什么都可以成仙得道，树木、泉水、磐石、土地等，人们敬畏大自然，大自然赐予的一切，都是人们心里的神。而复建青云禅寺的释广成师傅在我心里则是这众神派来的使者，只是这一刻，不知道他去了哪里？身在何处？带着这样的疑问，我们下山，去看七道岭村里的另一座寺院娘娘庙。

真有些机缘巧合的意味，就像是一篇文章的倒叙写法，我们的主人公他就在此时此地恰到好处地出场了。当释广成师傅慈眉善目地站在这只剩下山墙和光秃房梁的破庙前时，刚从三公里外的青云山上下来的我，一点儿也没想到，他就是复建青云禅寺的人。只是当他信心十足地说着要复建娘娘庙的夙愿宏图时，我提到青云禅寺，才从他自豪的话语里知道，他就是我渴望见到的那位使者。那一刻，我有些不敢相信眼前的事实，这个身材并不高大，性格看上去温和，甚至有些柔弱的男人怎么会有那么大的魄力去复建一座寺院？他说着复建的经历，像在说着一件淡淡的往事，这段修房建庙的往事于他的整个人生来说，也是修行的一部分，而那些熬心熬肺的操劳、东奔西走的呼吁、上下求索的奔波仿佛都是不足挂齿的。

他一边说，一边领着我们里里外外地看，残留的碑刻、廊檐上的绘画、立柱上的文字，包括不远处另一座废庙里的壁画也都领我们看了。看着这些残留的宝贝，听他说着复建的夙愿，我心里有些感动，他的话也让我停留在那些残砖断瓦上的目光渐渐由灰暗转向明亮，透过资金紧缺的尴尬，我忽然发现这座寺院的复建完成只是个时间问题。复建青云禅寺那么艰巨的工程，他已经完成了，而积累的经验和自信才是复建眼前这座寺院最重要的资本。

娘娘庙前，一座大大的观音像已经落成，金黄光鲜的外表在这片废墟中，乃至整个七道岭村中都十分显眼，而站在观音像下的释广成师傅看上去却有些单薄和弱小。他在观音像前送别我们时没有太多的寒暄，一个人久久地站在那里，双手合十地说着"阿弥陀佛"。车子渐渐驶离娘娘庙，透过车的后视镜，我看到他的身影越发显得孤单和瘦弱，但却不失修炼的挺拔与笃定，还有脱离红尘的安然与淡定。那一刻，我心里的敬意也油然而生。

描写完这三幅画面后，我眼前浮现出一个色彩十分分明的七道岭来，它有点像一本厚厚的画册，里面有山水、有花鸟、有人物，还有黄土地。那山水是秀美的，花鸟是鲜活的，人物是纯朴、生动的，土地是广袤厚重的。这本散着异乡淡淡的乡愁与乡音的画册，无论何时打开，于我都是心潮起伏、感慨万端的。

（原载《作家天地》2022 年 1 期）

人间好日子

春天风婆子

"春分"一过，风就跌跌撞撞地进村来，像个疯癫的小妇人，身影缥缈，步态凌乱，不管见到谁，都扑上去亲昵。所以，我管风叫风（疯）婆子！

风婆子唱的是独角戏，她把村庄当舞台，从南到北，从东到西，走着连环步，甩着长长的水袖，咿咿呀呀地唱，唱到小河开化，唱到老墙根的苔痕微微泛绿，唱到人人心里发痒。我和他都坐不住了，提着锹镐，开始了园里三分地的打理。像一场虔诚的仪式，我嘴里念叨着"谷雨前后，种瓜种豆"，手上的活计，就一个跟着一个地往下分派，翻地做畦，倒粪备种，春播的序幕渐次打开。园子虽小，气息却通天接地，花墙下，一棵小白蒿率先探出头来张望，我脚下的土地便喧腾腾地活泛起来。当羊角葱也伸出小手，轻轻地拨弄大地的琴弦时，我们已经你追我赶地往园子的深处行进，刨埯、点种、浇水、上粪、培土、压埯。种子有了滋润肥沃的家，就让阳光和风来慢慢孵化吧。

园子里的农事刚打理完毕，村外大田里的播种就紧锣密鼓地开启，请出犁杖，套上驴马，或用人力播种器，地虽然属各家各户，但春播往往是大家一齐上阵，各显神通。田里人欢马叫，扶犁、点种、上粪、培垄、拉磙子，个个一丝不苟，躬耕之事，须应时应景，须用心周到，方不负大地的馈赠和供养之恩。

　　风婆子在村里走街串巷，一路吆喝着，极具煽动和蛊惑力。尘土、草屑禁不住诱惑，到处飞舞。布谷鸟和四声杜鹃也被风婆子鼓动着，深情催耕。从早到晚，长一声短一声地叫，叫得杏树桃树的花都开了，叫得牛羊驴马春心萌动，叫得大地上所有的生灵都激情暗涌。风婆子捡起村人留在巷子里的脚印，抛向空中，人心就跟着浮动。种子刚刚埋进土里，村里像他一样的青壮男人就嚷嚷着要外出，我们这些女人、孩子和老人永远留不住他们奔赴城市的身影。但鼓动他们外出的风婆子却也抵达不了城市。在城里高高的脚手架上，为村庄男人们摇旗呐喊的那个风婆子，她只属于城市，不属于乡村。

　　风婆子在村庄里到处乱撞，我爹坐在门口的蒲团上晒太阳，被撞得东倒西歪。春天一切都在更新中，唯有我爹陷在颓靡里无法自拔，他眯缝着眼睛，昏昏欲睡，颤抖的双手已经挂不住一根纤细的拐杖。我扶他起来，他突然睁大眼睛，惊愕地说："你听，老鸹叫了！"村里人都怕老鸹叫，我们从小就会说："老鸹叫，夜猫子笑，小鬼大鬼一起到。"这是童谣，也是老辈人心里的谶语。而我知道，尘世间的神是假的，尘世间的鬼同样也是假的。可我爹他不信，他只信自己的内心。"啊，啊，啊……"循着老鸹的叫声，我往天上看，看见一群老鸹正悠闲地掠过村庄，它们的黑影在太阳底下突兀得有些刺眼。我避开老鸹的强大阵势，俯身对我爹说："没事的，春天到了，啥鸟都有！"

　　我在园子里干活儿，花喜鹊在大杨树上歌唱爱情，黄鹂鸟在碧绿的柳丝间穿梭嬉戏，成群的老鸹在空中盘旋起舞，锦鸡偶尔高叫着飞出松林，布谷鸟、戴胜、东方角鸮在山间引颈高歌，白天鹅在大凌河里卿卿我我……春天是鸟儿的花期，更是它们的人间好日子。

　　但好日子里的情歌不一定都欢愉婉转，"糊饽饽，糊饽饽……""王刚哥，王刚哥……"戴胜鸟和东方角鸮的唱词单调而重复，且如泣如诉。我突然想起这俩鸟那些荡气回肠的故事：被恶婆婆虐待致死的小媳妇和被后娘迫害的俩兄弟，都是村人的眉眼和模样。鸟和村人，到底谁是谁的前生今世？这个是秘密，不可深究和细探。

我穿过树林去田野，"呼"地一下，一群麻雀被轰起，像谁扬出去的一把种子，带着声响和速度，却不惊不慌。麻雀们到树林里觅食，却飞不出我的视线，它们的巢就筑在屋檐下，我叫它们"家雀"。是家雀，无论飞多远，都要归巢回家。送他出门时，我心里也是这么想的。

我走向田野，地头上的白头翁用两片绿叶托起一朵毛茸茸的紫色花朵，向我致敬。紫地丁花也开了，正怯怯地跟我问好，还有婆婆丁和苦菜花灿烂一地，它们也笑呵呵地向我打招呼。一地的花朵婀娜多姿，我的目光可以乱，心也可以乱，但脚步不能乱，一旦乱了，踩了哪一个，大地都会疼痛不已。

春天是风婆子的王国，她来自天上，世间万物都是她忠实的臣民，在她的召唤下，大家各司其职。此时，天地间别无勾当，唯有播种、孕育和生产才是正事！人们忙着种地，驴牛马一边春耕，一边不忘恋爱和受孕。母鸡们生蛋后自鸣得意的炫耀声此起彼伏。新孵化出来的小鸡雏跑在院子里，像风吹落了一地娇黄的花朵。山上的鸟儿都已成家，而且开始生儿育女。地里种下的种子成了禾苗，果树们开花，很快凋落、坐果。柳絮和杨花弥漫在空中，榆树钱洒了一地，风婆子将它们拾起抛向别处。

暑气升腾，风婆子退到幕后，下了一场雨，园子里的蔬菜凸显出葱茏的景致。我站在蔬菜中间，恍惚看到了一个季节的结束，窃想："风走雨来，春就过去了！"

夏天雨孩子

风婆子走了，但也说不准还会回来。午饭后，头顶的天空忽然聚集起大片乌黑的云彩，太阳忽隐忽现。一阵疾风呼地吹过堂屋，我立刻警醒："屁在屎头里，风在雨头里！"急忙跑向院子，一竿子的衣服还没收完，雨就下来了。像一群孩子打架时撇过来的乱石子，噼里啪啦地砸。当街闲聊的人们抱着脑袋跑回家。其实，夏天的雨就是个顽皮的野小子，淘气捣蛋的它，让人防不胜防，所以我叫它雨孩子。雨孩子行雨的时候，喜欢声东击西，搞恶作剧，往往山这头太阳高照，山那头却下个稀里哗啦。正如老话说的，"六月的天，是小孩的脸儿，说变就变"，搞不准哪两块云彩飘着飘着，碰到了一块儿，像遇见了多年不见的至亲，立刻惊喜交加，泪如泉涌。但这样的雨，落在哪里，哪里就偏得。辽西地区最缺的就是雨，我爹说，天天下才好呢。今年许多地方大涝，别处一涝，辽西的雨量往往正好。三天一小场，五天一大场，雨脚勤快利落，下完就走，一点儿也不拖泥带水。正如《诗经》里唱的："上天同云。雨雪雰雰，益之以霢霂。既优既渥，既沾既足，生我百谷。"这是雨孩子给村人的恩赐，也是雨孩子的秘密，只可意会，不可言传。

雨孩不说甜言蜜语，却很会让庄稼称心。雨孩子来了，就是庄稼的好日子，它们在雨孩子和阳光的宠幸里疯长，每天都攒足了力气，向着天空奔跑，我追着庄稼奔跑的身影，早出晚归地间苗，耘地除草，施肥蹚地，忙得脚打后脑勺。只有地蹚完了，大田里的活计才告一段落，我才可以松口气，紧绷的神经也撂下了。庄稼不等人，雨孩子他更催人的心，他就像个孙悟空，翻着筋斗云，一跃十万八千里，往往说话的工夫，就到了跟前。容不得有半点喘息和懈怠。雨孩子到来之前，给庄稼施肥是头等大事，我在齐腰深的苞米地里跟雨孩子和庄稼赛跑，往往跑得气喘吁吁。

我不是孙悟空，但得有分身术，忙着村外田里的庄稼，园里的三分地也不敢慢待。好在这里的蔬菜已显出丰盈之态，抬眼看去，茄子辣椒张灯结彩，葫芦黄瓜带着大小不一的儿孙爬得满架都是，豆角流苏一样挂在栅栏上，土豆更讨巧，一入伏就熟了，出了土豆，腾出地来，正好种萝卜和白菜。"头伏萝卜，二伏菜。"我念着祖传的"种菜经"，将一把又一把萝卜籽和白菜籽种下后，雨孩子又来了，这回不是电闪雷鸣的高调亮相，而是缠缠绵绵地下了一宿，跟煲汤差不多，小火慢攻，营养和味道更入心了。

雨水丰沛，阳光充足，老天怜物之心可鉴，大地亦是善解风情，悄悄地孕育，默默地催生，种子很快发芽，破土而出，没几天的工夫，萝卜白菜就绿了一地。

侍弄完庄稼地和菜园子，我该闲了，却一点儿也没闲着。老天今年眷顾辽西，派个身影勤快的雨孩子来润泽万物，大地就格外的丰腴，充足的雨水让满山的松树催生出一地又一地的黄蘑菇。从没见过这么多蘑菇，我挎着筐子，如《诗经》里采薇采芹的小妇人，冒着酷暑，一筐一筐地往回采。当院的太阳底下，大盖顶小盖顶，大簸箕小簸箕，都摆满了蘑菇。还是不够用，又把旧苇席铺在院子里，蘑菇也躺满了。蘑菇丰收，院子立刻就变得狭小不堪。忽然，我惆怅的目光撞到西厢的平房顶，房顶阔大，通风好，离太阳更近些，真是晒蘑菇的好地方，只是要爬梯子。我虽然个子矮，却神道，啥梯子都能爬。眨眼的工夫，我就爬着梯子上去了，蘑菇也上去了。不一会儿，房顶就戴上了一顶小黄帽。

蘑菇还没采完，山杏又熟了，落一地。这都是钱啊，别扔了。打山杏捡山杏，我一个人半天捡两麻袋，有点儿奢侈。家里没人干活儿，我一个顶仨，这不是我能耐，是非干不可。

侍弄庄稼、打理园子、采蘑菇、摘山杏、伺候我爹和儿子吃穿……从春天到夏天，我像陀螺一样旋转着。转眼间，夏天就在这样的旋转里谢幕了。

秋天花姑娘

"立秋"过了，天空显得格外高远，云朵淡淡地飘着，秋天像个浓妆艳抹的花姑娘，招招摇摇。枣子熟了，梨子黄了，苹果红了，风里有甜腻的果香味道。风曳着老迈垂垂的植物衣襟跳舞。早晚外出，忽然就觉出了凉意，抬眼望望远处，连最晚的野山菊都开了。蜜蜂扇着薄凉的翅子到处乱飞，秋蝉无助地躲在树上，叫得几乎吐血。自然界的秋天正要谢幕，而我们收获的好日子却刚要启程！

此刻，我站在地头的土岗上，双手叉腰，看着田野，比凯旋的将军还神气。田野里，苞米抱着金娃娃，高粱举着火把，谷子翩翩起舞，地瓜深藏不露……这些各具风韵的家伙都是我的兵。是我一身汗水，一身泥土，起早贪黑培养调教出来的兵，我是庄稼的司令。经过一个春天和夏天的浴血奋战，终于胜利在望，我该鸣金收兵了。

镰刀在磨石上霍霍地磨过，开镰收割的序曲从清早奏起。太阳起得早，可我起得比太阳还早。我来到高粱地，太阳红着脸，从东山凹里跳出来，把高粱映得红艳艳，把我挥镰收割的身影照得光鲜鲜。我穿着红花绿叶的花布大衫，头上戴着遮阳的尖顶草帽，手上握着长把子镰刀，就像披挂上阵的穆桂英。我哈腰伸出左臂，搂住一抱高粱秆，右手挥起镰刀，咔咔几下，高粱就卧倒在地。高粱乐得摇头晃脑，我割得热火朝天，一个早上一块地就割完了，但这只是收高粱的一个序幕。稍作喘息，我又拿出"把寸镰"，将高粱穗一个一个掐下来，捆成捆儿，运回家，晒在屋檐下，这一出戏才谢幕。接下来是苞米，一棵一棵地割倒，一根一根地扒，一车一车地运回家。谷子和其他粮食也这样收拾。直到把所有的粮食都运回来时，秋收的大戏才接近了尾声。

云朵飘飘，秋高气爽，"秋分"将地球一分为二，日子不再昼长夜短。有风吹过，小雨淅淅沥沥地来了，清凉随风而至。"寒露"过后，"霜降"紧跟着来到面前，盛秋里的花姑娘已是迟暮，她洗去铅华，脱下光鲜的锦衣华服，换上了素淡的粗布衣裤。最后一只蚂蚱从我的脚边跃起，跳进了秋的深处。我秋收的身影也从张扬的喜色里退出，开着三轮车，载着一捆捆雨淋霜打的秸秆回家，倚上墙头。院子显得臃肿了许多，跟着院子臃肿的还有屋檐下的仓囤、园子里的菜畦。菜畦里的萝卜出了，堆在地上，大白菜被子一样盖着垄埂，仿佛在遮掩着秋天欲说还休的秘密。积菜的大缸张着嘴巴等在里屋，储菜的暖窖张着更大的嘴巴候在院子里。院子里的喧嚣被拴住的黑狗诠释着，它看见大门外过路的人狂吠，看见进院的鸡、狗和邻家的孩子也狂吠。风吹进院子，云压下来，雨又来了，再出门，像是撞见了冬天，冷风劈头盖脸地打来，想起那句老话——"一场秋雨一场凉"！

冬天雪爷爷

"立冬"过后，很快迎来"小雪"节气，冬天仿佛一下就到了跟前，北风带着刺骨的寒凉到处乱吹，吹得草木凋零，尘土飞扬。这样天干物燥的日子，盼望有一场雪。可辽西的雪是个跛脚的老爷爷，他不是说来就来的！人们在盼雪的日子里步入冬月，整个大地像是被寒风点了穴，突然静止不动了，土地变得硬邦邦，小河里的水成了白花花的冰床子，树木们也是筋骨僵硬，成了半死不活的样子。那些日子，盼雪等雪成了人们心里的一个结，放不下，打不开。可是，"大雪"节气都过了，还是不见雪的影子，这跛脚的雪爷爷让人望眼欲穿。

"冬至"的夜里，突然起了大风，我侧耳一听，心里乐了：这回雪真的要来了！早起，阴沉沉的天空像披了件灰斗篷，风也凛冽得多。中午，雪真的抵达村庄，是鹅毛大雪，且纷纷扬扬地下了半天零一晚上，大雪给村庄穿了件厚厚的白棉袄，树木们白头白发，样子突兀地立在远处和近处。大地安详，万物静谧。在这样圣洁安逸的好日子里，我忽然就有了闲适和情趣，拈起针线坐在炕上绣十字绣。我在十字绣上绣花绣鸟绣鱼绣蝶，绣出了一个鸟语花香的世界。

但不管绣什么，都是鸡毛蒜皮的小事！整个冬天，我真正要做的大事就是将那头养了大半年的猪养好喂肥，以备腊月杀年猪。从前生活困难，猪都是吃糠咽菜的。如今生活好，猪们的饮食结构也发生了改变，养殖场的猪吃饲料，但我感觉，吃饲料的猪，肉不香！我喂猪除了剩菜剩饭，多半是蔬菜加苞米和豆饼，不用任何添加剂，营养来自食物自身。秋天，我将地瓜秧、老白菜帮、萝卜缨子等晾晒风干；冬天，把它们用水浸泡后，烀烂切碎，将豆饼和苞米粉碎，混合在一起，给猪熬糊糊吃。猪吃着我精心调制的糊糊一天天地增肥、长膘，等到了腊月，它就成了膘肥体壮的年猪。杀年猪的日子一般都在腊月十五前后。这时候，在镇上读书的儿子放假了，外出打工的他也背着大包小裹的年货，千里迢迢地回到了村子。他放下行囊的第二天便请来杀猪匠和帮忙的人。杀猪的当晚，把族里的长辈也都请来喝酒吃杀猪菜，场面热热闹闹，炕上地下一共三桌。三十几个人吃吃喝喝到半夜，吵吵嚷嚷的，亲情和乡情在杀猪菜和浓烈的酒香里向外弥漫，年也在杀猪的嘈杂中又近了一步。

天太冷了，都说"三九四九不出手"，但不出手也得出手，临近年根儿，活儿忒多，杀了猪，还要淘米蒸黏豆包、做豆腐、扫房、擦玻璃、置办年货等，事无巨细。外面滴水成冰，好在头顶上的日头分外慈祥，它从早到晚守着家人忙碌的日子，让人心里踏实和温暖。

他推着淘好的大黄米，去加工黏面，我爹坐在墙根晒太阳，却拦住他，十分沮丧地说："你听，老鸹又叫了，我们谁也别想过年了！"我爹越老越混沌，天气冷冰冰，他的话凄厉厉。可再凄厉的话、再寒冷的天也拦不住我们迈向年的脚步。他加工完黏米面，就找出大瓦盆和小瓷缸，烧水和面，和好的面在热炕头发了一天零一宿，我把豆馅也烀好了。天阴下来，雪爷爷赶着年的脚步再次飘然而至！下雪真好，雪后降温，黏豆包冻得快！帮忙蒸黏豆包的人说话间也都到齐了，我和几个女人坐在炕上，手里包着黏豆包，嘻嘻哈哈地说笑。他和两个小伙子在厨房烧火，一锅蒸四屉。屋里热热闹闹，屋外雪花飘飘，冷气袭人，零下二十几度的温度，很快就将窗外简易棚里刚出锅的热豆包冻成了冰蛋蛋。蒸黏豆包从傍晚开始一直到后半夜，等到人困马乏时，黏豆包也蒸完了。然后收进仓囤的大缸里，新杀的猪肉也装缸放在这里，严寒将仓囤变成了天然的大冷库。

　　接下来的大事就是做豆腐、扫房子、擦玻璃、买年货。等忙完了所有的事宜，年也就到了。过年的先一天夜里，雪爷爷又悄悄地来了，他无声无息地下了一宿，早上雪停了，太阳出来，风和日丽。我早起开门，惊喜得脱口而出："瑞雪兆丰年啊！"

　　雪爷爷虽跛脚，但脚步却从不慌乱，他舞着白袍大袖，踱着碎步，巡遍整个村庄、大地、河流和山峦。夜里，他给每个角落都涂上圣洁的白。白天，他把阳光擦亮，撒在地上，让村庄看上去更加祥和安静。他和儿子在这样的祥和与安静里，欢天喜地地将对联、挂钱贴上院门和房门。然后，儿子放炮仗，他烧香敬神祭祖，祭拜写在牌位上的神仙和祖宗，让他看上去神神道道。我同样欢喜，先是捞了一锅接年饭，又烧了一盆五花肉，还炸了一篮子豆腐丸子，做了一桌年夜饭。屋里热气腾腾，一家人喜气洋洋，屋外，雪爷爷安静地守着村庄，神仙一样，护佑着年的吉祥，呵护着我们的人间好日子。

　　　　　　　　　　　　　　　　　　（原载《燕都文艺》2019年1期）

一个人一坡地

午夜，堂哥走的时候，我一点儿预感也没有。早晨，老家打来电话，我不敢相信自己的耳朵。面对这样的噩耗，本该大放悲声的我却浑身发抖，欲哭无泪。那一刻，我感觉这个白天有点儿不真实。

两个小时后，我抵达了村庄。阳光白花花地照在水泥路上，异常刺眼。村口，堂哥当年盖的二层小楼在刺眼的阳光里，样子更显突兀、破败。每次看到它，我都感觉堂哥这辈子只做了一件事，那就是盖了这座楼！想想当年盖楼时的堂哥，仿佛是鲜衣怒马的大英雄，那气魄是天不管地不怕的。可惜光阴易逝，世事无常，曾经那么豪气满满的一个人，这会儿却说走就走了。

堂哥的棺柩没在他自己楼房的院子，而是在二婶的老院子里。他的楼已好久不见烟火，嫂子和儿媳都离婚走人，他儿子常年在外打工，小孙女在寄宿学校上学。六十二岁的堂哥就在老院子和八十二岁的老母亲相依为命。他母亲，也就是我二婶，这会儿已经哭哑了嗓子。二婶总共生养了五个儿女，仨闺女，俩儿子。二闺女三十四岁那年得绝症走了，二婶的心被剜走一大块，从那时起，她说话就显得颠三倒四。大闺女十几年前得了脑出血，留下半身不遂的后遗症，生活勉强自理，二婶的心从此也为她揪着。堂哥承包果树园子，先是挣钱盖了楼，后来又开煤窑，结果赔得倾家荡产，家里矛盾也不断升级，过不下去的时候，嫂子离婚走人。二婶将不满十岁的孙子刚刚抚养成人，二叔就得了脑血栓，瘫在炕上，她端屎端尿地伺候，直到他去世。孙子娶媳妇后，她本该过上省心的日子。可是，小儿子做生意却赔了，欠了饥荒，被债主追得远走他乡，至今不敢回家。孙媳生了孩子没两年，嫌日子穷也走了，二婶又抚养年幼的重孙女。如今重孙女十三岁了，刚刚懂事，大儿子却又走了……听着二婶念念叨叨的哭声，我感觉二婶这辈子来到人世仿佛是专门品尝苦难的。

堂哥的黑白照片笑呵呵地立在棺材头上，阳光从前面老杏树的枝丫间照过来，闪闪烁烁地落到照片上，他的脸陷在斑驳的阳光里，笑容看上去有些牵强和生硬。

这张熟悉的脸，让我又瞧见了当年坐在老杏树底下的木凳上，聚精会神研读《苹果树栽培技术》的堂哥。那时，他正在读中学，是这个院子里最有理想的一个人。每天放学归来，除了上山打柴就是研读那本《苹果树栽培技术》，他读书的样子就像高尔基说的，是"饥饿的人扑在了面包上"。而他也真的是把研读果树技术当成了美味佳肴，捧着书，他满脸憧憬和自信，说："我要像吃饭一样，把书里的学问都吃进肚里去，将来成为果树技术的行家！"说这话的堂哥是十八、九岁的年纪，红扑扑的脸蛋，比苹果还水嫩。

堂哥读中学的时候，国家还没有恢复高考制度。学校教授的都是跟农业有关的实用技术，堂哥学的是果木专业。国家一个时代的走向往往决定着一个人的命运，没赶上考大学的堂哥，也许就是跟土坷垃打交道的命吧。

因为学了果木知识，堂哥中学毕业后就承包了生产队的果树园子。那年他刚满二十岁，青葱的年华，玉树临风一样站在村民大会的台前，在众人怀疑的目光里签下承包合同的那一刻，他人生中无比风光的日子，就此也拉开了序幕。

果树园子在南沟阳面的坡地上，山坡地土质薄，不存水，种庄稼连年歉收，就栽了果树。但这块薄地，却是堂哥种植梦想的一块沃土。梦想的魅力不只在于它会让一个人乐此不疲地为它求索与付出，还在于它的唯美和浪漫。

追求梦想的堂哥，说自己就是果园的司令，满坡的苹果树是他的千军万

马。那些年，我们每天看见他指挥若定地摆弄这成百上千的兵马，感觉他还像坐镇赤壁的周郎，英姿勃发，仿佛只在谈笑间，这些苹果树就被他调教成了强兵猛将。这些兵将身穿碧绿的铠甲，举着枝丫的刀枪剑戟，在南沟的坡地上布阵，气势简直不可阻挡。

他的兵将在春天穿上花花绿绿的战袍，扛枪握戟地上阵。然后，经过一个夏天与干旱、虫灾或冰雹的厮杀、鏖战，终于在秋天获得了累累的战果。苹果丰收的时候就是堂哥胜利收兵的日子。苹果丰收的日子，整个南沟都被甜甜的果香充盈着，仿佛连鸟雀的叫声、拂过树梢的风声都是甜脆的。

果园子虽小，脉络气息却直通天地，堂哥要做的就是让所有的劳作在律动的节拍里适应春生、夏长、秋收、冬藏的天道之经。

春分过后，北方大地已是冰消雪融。当小白蒿率先在向阳的坝墙下探出头来张望时，堂哥就已经在给果树剪枝、挖埯、施肥了。他对果树实在用情、用心，刚过门的嫂子嗔怪地说："他的心全在果树园子呢！"果树虽然不会像嫂子一样跟堂哥说甜言蜜语，但它们的感恩之心一点儿不差，仿佛没几天的工夫，这些果树就从冬眠的大梦里醒来，它们舒展腰肢和筋骨，在风里唱歌、吐叶、开花，一坡的果树花团锦簇。嫂子也来助阵了，他们说说笑笑地在果园里拔草、给果树松土，山雀欢快地叫着，在枝丫间飞来飞去，还有挖野菜的大人和孩子带来的欢声笑语……春天的果园就像春天的风光一样曼妙。

夏天，青涩的苹果挂满枝头，太阳火辣辣地烤着大地，庄稼被烤得死去大半，快一个月没下雨了，果树虽然看上去依然青枝绿叶，但它们内心的干渴，堂哥心知肚明。大井就在坡下面，尽管没有便利的灌溉设施，但堂哥不能坐视不管，他挑着水桶一棵一棵地浇，从早到晚地浇，挥汗如雨、气喘吁吁地浇，直到浇得连老天爷都看不下去了，痛痛快快地下了一场透雨为止。站在窝棚里避雨的堂哥，望着雨里水灵灵的果树，淡淡地说他赢了。

秋天，好看的苹果挂满枝头，堂哥从早到晚笑眯眯地围着苹果树转悠，那是他用心血和汗水写下的美篇，是百看不厌的佳作，更是他的战利品，是他跟干旱作战，打了胜仗得来的战果。成熟的苹果，摘了一筐又一筐，大车拉小车运地去了市场。年景不好，这些品相不错的苹果身价倍增，卖苹果换回的一摞摞钞票，让堂哥的腰包鼓了，让嫂子的笑声更爽朗了，让日子更甜蜜了。

日子在朝前延续，果园里的佳篇杰作一直在续写着。没几年的工夫，堂哥和嫂子就成了村里的万元户。

在乡下，几乎每个男人都想盖一座自己喜爱的房子。成了万元户的堂哥豪气十足地说："我要盖座楼！"那时，我们村里还没有楼，他的话让饭桌上的二叔摔了碗，大骂："你个败家子，挣俩臭钱，就不知天高地厚！"可天有多高，地有多厚，堂哥不想管，他也管不着，他只想让他的房子比别人家的都要高，都要大！二叔啥事都忌讳冒尖，他说，枪打出头鸟。可堂哥却偏偏喜欢出人头地。他没听二叔的，最终，堂哥的两层小楼在村头最显要的位置拔地而起。二叔却始终在气里，至死都没进过堂哥的楼。

这时，嫂子到大队供销社上班挣工资，堂哥在家里经营果树园子，他们每月有工资进口袋，每年有卖苹果的收入存入银行。生活如一只美满的如意搁在那儿，四季都繁花似锦。那些年该是堂哥人生中最美的一段时光。

果树园子在坡地上面，坡地底下就是早年大队废弃的煤窑。山坡地本来就贫瘠不耐旱，那年正好赶上辽西大旱，果树园里的那口大井很快就干了，果树浇不上水，死了大半，剩下的果树也元气大伤，后来一直处在"小年"的状态里。曾经的千军万马损兵折将伤了元气，但最受摧折的还是堂哥这个果园司令，他的雄心和士气消耗殆尽，一时间竟不知所向。

"果树不行了，咋办？"坐在坡下的一堆煤矸石上，堂哥愁眉不展地想着出路。煤矸石在晚秋的阳光里泛着黑、散着热。坐在上面的堂哥感受到了它的温度，像灵光一现的某种指引，堂哥突然想到了地表下面的煤层。据说，这面坡下全是煤，当初的煤窑只是因为大队经营不善，才关闭的。

"我要开煤窑！"做出这个决定时，堂哥激动得手舞足蹈像个孩子。那时，正赶上国家鼓励自主创业，让一部分人先富起来。因此，他的开窑手续办得极其顺利，手续办妥后，他很快买了水泵、支撑巷道用的坑木等，然后雇了十个工人，又让村里的风水先生给找了个良辰吉日，他的小煤窑就在一阵噼里啪啦的鞭炮声中破土动工了。

煤窑挖了一天又一天，当矿工背上来第一筐煤矸石时，堂哥乐了，说煤矸石就是煤层的壳，用不了几天就能见到煤了！可是日子在一天天地过去，背上来的煤矸石都快堆成一座小山了，却连一点儿煤的影子也没见着。但不管工人背上来的是啥，工资一分都不能少给。就这样，堂哥每个月都得拿出五千块钱给工人开工资，半年过后，家里所有的积蓄都拿出来了，还不够，又借贷款，继续挖。当日子彻底被掏空时，嫂子不干了，可堂哥还想坚持，矛盾就此产生，吵吵闹闹地又过了半年，最终无力支撑，堂哥缴械投降，煤窑关闭，却拉了近十万元的饥荒。十万块在当时是个天文数字，压得两口子喘不过气来。生活有压力，气就不顺，两个人三天一小场，五天一大场地吵架，嫂子气得走了一回又一回。后来，实在过不下去，两个人离婚了。

钱没了，家也没了，背着一身饥荒的堂哥感觉自己连个乞丐都不如。他痛苦不堪地坐在冰冷空寂的楼房里，心被巨大的挫败感重重地撞击着。是悲？是痛？是悔？是恨？他一点儿也说不清楚。处在迷茫和悲伤中的他，活儿不干，孩子不管，还整天借酒消愁。二婶看着不能自拔的儿子，伤心地叫着他的小名说："柱子，人这一辈子摔跟头的时候多着呢！难不成，你这一个跟头摔下去，就起不来了？！"二婶的话让他猛然惊醒，是啊，他怎么能就这么破罐子破摔呢？他若倒下，这个家怎么办？那些饥荒怎么还？实际上，巨大的责任及不服输的性格更不允许他就此沉沦和颓废。那一刻，他在心里默默地告诫自己：在哪儿跌倒，在哪儿爬起来！

于是，渴望重整旗鼓的堂哥，开始学习蔬菜大棚种植技术。很快，在亲友们的帮衬下，他在果树园子西头相对肥沃的一块地方建起了一个蔬菜大棚。大棚建完的时候，堂哥苦笑着说："我这辈子都交给了这块地，成也萧何，败也萧何，看看这回，它又如何待我这个不肯服输的犟骨头吧！"

堂哥打理大棚的劲头一点儿也不比当年他经营果树园子差，他起早贪黑地干，很用心也很精心，一年多数时候都吃住在大棚旁边的简易房里。可是因为这块地薄，不管怎么努力，他的收成总是不如别人的丰厚。但堂哥没灰心，也没放弃。除了努力和用心，他把希望都交给了锲而不舍的坚持。

堂哥兢兢业业地干活，省吃俭用地过日子，日子在一天天地过去，堂哥在大棚这个生产蔬菜，更消磨人的体力和精力的地方，一天天地消耗着自己，为了还债和养家，末了，他几乎掏空了全部的体力和精力。渐渐地，他感觉体力不支，活儿干不动了。干不动的他，只好放弃了大棚的种植，去外面打零工。可外面多为又脏又累的建筑活儿，每天一身泥土、一身汗水的，一点儿也不比大棚里的活儿轻巧。每回出去，他也坚持不了多久，便早早地回来了。近年来，加上二婶年老体弱，需要人照顾，他就干脆哪儿也不去了。一直待在家里的堂哥，是郁闷的，也是焦虑的，身体每况愈下。

今年年初，他得了脑血栓，住了几天院，不太严重，生活能自理，只是说话有点儿大舌头。前段时间，他闲置楼房的玻璃被淘气的孩子拿石头打破了。他踩着凳子清理碎玻璃时，不慎摔倒，导致二次住院，打了十天点滴，有所好转，但他却无法行走，成了瘫痪。因为没钱又没人护理，再加上治疗就是维持现状而已，经医生和他本人同意就出院了。没承想，到家后，他突然病情加重，而且，这么快就走了，这是大家没有料到的。二婶拍着棺材大哭："我狠心的孩子啊……你怕拖累人，硬把自己给饿死了……"知子莫如母，也许是吧，因为他自医院回到家里就像变了一个人，不打针不吃药，更不肯进食，哪怕灌进嘴里一勺米汤也会吐出来。人是铁，饭是钢，连续十来天滴水不进，谁也扛不住。不吃不喝的堂哥就这样饿着肚子走了。送别时，我看见面色如纸的堂哥，裹在肥大的寿衣里，像一片枯败的叶子，是一阵风就能吹走的样子，他是那么的弱小，弱小到几乎盈掌可握。这弱小让人异常无助和悲哀。想起他躺在医院，见到我时呜呜痛哭的绝望神情，我心里的悲伤再也无法控制，追着推向火化间的灵床，我跌跌撞撞地跑着，声嘶力竭地哭喊着："哥你别走……"

乡下埋坟讲究风水，一家人一块地，不犯毛病，又能发子孙才算风水宝地。派人去二叔的坟茔地给堂哥挖墓坑那天，堂哥的儿子穿着孝衣，立在人堆里，突然嗡声嗡气地说："我爸以前说过，他一辈子都没走出果树园子那块地，将来死了哪儿也不去，就埋那里！我们就依他吧。"逝者为大，堂哥儿子的话在这个初夏的傍晚带着堂哥的意愿和定力在他出生和长大的老院子里回荡，是决定，也是"圣旨"，没人敢驳斥。于是，人们就带着阴阳先生去果树园子给堂哥选了块坟茔地。

堂哥的坟就在果树园子的坡顶上，他的煤窑也在旁边不远处。站在坟前，能看到远处绵延的群山、近处塌陷的窑坑，还有堂哥当年花钱雇人从地下背出来的一大堆煤矸石。坡下，曾经成百上千的果树，如今换作了满坡的玉米，昔日的果园司令回来了，他的兵却无处寻觅。玉米刚刚拔节，但一点儿也不苗壮，像一群面黄肌瘦的人。

一个人一坡地！正如堂哥自己说的，他这一辈子都没走出这块地。站在坟前，望着这一坡贫瘠的土地，我倒感觉它更像一位瘦弱、憨厚、慈爱的母亲，人们在她的怀抱里出生，她用自己并不丰沛的乳汁养育一代又一代的人长大。每个人都像堂哥一样，有梦想和成功，也有挫折和失败。但不论成败，大家都是她不离不弃的孩子，活着时他们在她的护佑下努力生活，死后则化作一粒尘埃融入泥土，回归她的怀抱……

（原载《鸭绿江》2021 年 11 期）

第二辑

时光深处

桑之魅

　　桑从远古的岁月上路，带着或浪漫或唯美的故事，轻轻敲打我们的记忆。我们的视线停留在丝织品的锦绣繁华中，想起根植在往事里的那些桑，心里蓦地生出感动。

　　顺着桑的枝蔓望过去，会看见《诗经》里散发着浪漫气息的桑园，去沫邑割麦的男子，心里想着那个约他到桑林中相会的女人，美滋滋地走在路上，身影轻快，口中哼着小曲。这时候，劳动成了借口，约会变成头等大事。他和她在桑园相会，在淇河岸边依依不舍地惜别，她的手被他紧紧地握着，满面娇羞，说："过几天我们老地方见！"这老地方就是桑园，也是《诗经》里的伊甸园。顺着那些深情美妙的诗句找过去，感觉《诗经》里的桑园可真是个滋养爱情的好地方！偌大的林子，背山面水，极幽静，采桑养蚕的女人和割麦割草的男人走向那里谈情说爱，情思堪比缠绵的蚕丝，任人想象和评说。

　　那时候，该是桑林遍地吧。在棉花引入华夏大地之前，人们的穿衣问题要靠缫丝织帛来解决，所以植桑养蚕和种庄稼同等重要。养蚕的女人守着家里的蚕宝宝，而桑园在野外，因此她每天都要出去采桑叶。一片风情美丽的桑园总是少不了采桑女子妖娆的身影。瞧，美少妇罗敷身穿杏黄色的罗裙，着紫色的绸缎小袄，正挎着篮子袅袅婷婷地走在去桑园的路上。她一走出来，就像时空隧道里刮来的浩浩仙风，惊艳得空气都快凝固了，所有的男人都忘情地望着她……我想象这惊鸿一瞥的画面，就猜想这位大美女身后的桑园一定是个神话中的地方，那是鸟唱虫鸣、有声有色的一片桑林，树木茂盛，不一定高大，而罗敷女刚好够得到那些郁郁葱葱的叶子，这些桑树多么的可人可意呀。蚕儿等在家里，罗敷在路上，桑叶也在路上，走在路上的罗敷勤劳、聪明、忠贞、美丽，玉手纤纤，而桑叶的品质也配得上这样的一双手来采摘。因为桑树是神树，它来自宗教，代表母亲或英雄。

说桑树象征母亲，我想，桑树该是蚕的母亲，蚕由卵成为幼虫，吃桑叶长大，吐丝，作茧自缚，成蛹，再破茧而出，变为蚕蛾，蚕蛾交配产卵，然后死去。蚕的一生靠桑树喂养，桑树像母亲一样将蚕养大，桑树付出的甘苦，养蚕人是知晓的，也是感恩的，这从古人对桑的热爱和重视就可看出来。《诗经》里唱："维桑与梓，必恭敬止……"之所以给予桑梓这么高的礼遇，因为看到桑和梓就想到了父母。由此桑梓还做了故乡的代名词。孟子也说："五亩之宅，树之以桑，五十者可衣帛矣。"是啊，有了一片桑园，再养些蚕，穿衣问题就迎刃而解了。

国人对衣食的敬畏历来神圣。《山海经》里和桑有关的蚕被誉为蚕娘娘，是人虔诚供奉的神，而且这位神还来自民间。这也是民女和神马最富传奇色彩的故事。据说，因为民女的母亲许诺，谁能救回被绑匪掠走的丈夫，就将女儿许配给谁为妻。结果家里的马动了心，可是当它救回主人时，非但没娶到姑娘为妻，反而因为这一想法太执拗、顽固，而遭到了屠杀。但马皮最终还是裹挟着姑娘一起飞走了，并且让她羽化成仙，做了蚕娘娘。我在惊诧故事的跌宕和离奇时，产生了幻觉，朦胧地记起小时候母亲养蚕的一些画面，就在院子西面的偏厦下，案板上的大笸箩里，胖胖的蚕儿鲜活、健壮，它们对着桑叶饕餮而食时，充满了一定的声势，"沙，沙，沙……"像春天的雨声，也像六月的风声。而母亲走近它们的时候，又是那么的悄声静气，举手投足都显得小心翼翼。"可别惊动了蚕宝宝！"这是她总挂在嘴边上的一句话。母亲虽然不知道蚕娘娘的故事，可她对蚕的敬畏之心并不逊色于文字里的传说，那也是养蚕人对这个充满神奇的生灵的呵护与感恩之心。此刻，当那如风似雨的沙沙声再次回响在耳边的时候，我却分明听到了缥缥缈缈的歌，那一定是桑的歌唱，它带着母爱的柔情从记忆深处飘来。

古人称丝织品为帛，并且还分门别类地加以细分，分别以绸、缎、绢、素、缟、练、纱、罗和锦来命名。这细细分出的类别，饱含着先人对丝织品的一份用心和深爱。而今，人们称丝织的料子为"桑蚕丝"。这样具有叙述意味的叫法也充满了感恩的成分，桑养大了蚕，蚕吐出丝，丝被织成布，才有了我们握在手上、穿在身上的这轻柔华美的料子。所以我们在抚摸一块桑蚕丝布料的时候，就看见了它身后的那片桑园。那是根植于我们的血脉，对华夏儿女有着舐犊之情的树木，她在远处，也在近处，像一个胸怀博大的女人，魅力、优雅。

（原载《散文百家》2013 年 11 期）

葫芦的母性之光

葫芦先于人类来到尘世，天生带着繁衍与仙化的气质。《诗经》里有"绵绵瓜瓞，民之初生"的说法。作者就异常浪漫地想象：人是由瓜衍生出来的。读那些关于葫芦的神话，不光能看见葫芦生的伏羲和女娲，看见大眼睛、小个子、力大无比的葫芦娃，还会看见一些穿长裤短衫，赤脚走路的少数民族将葫芦作为崇拜物，高高地挂上竹楼，虔诚膜拜的身影。传说包括汉人在内，许多民族的祖先统统来自葫芦。葫芦带着母性的光辉从古走到今，让我们在时光流逝中不敢忘记自己的来处。

从葫芦的神话里回望生活，乡下老宅的葫芦架清晰可见。阳光明艳的夏天，葫芦秧举着洁白的花朵，提着祖孙三代大小不一的葫芦，盛宴一样的繁华。而母亲在葫芦架下挠葫芦的身影也依稀可见：她坐在木凳上，葫芦坐在木橛上，顶上斜插着一根筷子，母亲右手拈着葫芦挠子抵在葫芦上，左手握住筷子一圈一圈地转，葫芦条从挠子的小嘴里迅速地吐出，像长长的丝，也像葫芦脱下的绿衣裳。母亲一层一层地挠，葫芦一件一件地脱，越脱衣服颜色越浅，里面的内衣洁白如雪。越脱葫芦越苗条，直到露出孕育种子的肚腩腩。然后，葫芦条晾在阳光下暴晒。晒干的葫芦条再编成辫子储存起来，以备青黄不接时填补餐桌上的空白。这时候，葫芦就从神话里遥不可及的精灵变成了人间烟火中贴心贴意的美味。

母亲也会留下那些品相好的葫芦，等到它们至成至老时，锯开做瓢用，同时也就有了下年的种子。这样的葫芦就是古人说的匏，或多或少带着悠远的意味，看到它们，会想起孟姜女，那是母亲讲的故事：孟家和姜家是一墙之隔的邻居，孟家的葫芦秧顺着墙爬到了姜家，而且在姜家结了个十分周正的大葫芦。葫芦长成时，本来两家说好锯开，一家一半做瓢用。可不料想，锯开后出现了令人惊呆的一幕——葫芦里面竟然还有个活脱脱的女娃。恰好两家都没闺女，于是就争抢起来，各不相让，闹到了官府，官老爷就将女娃断为两家共有，取名孟姜女。可这个葫芦生的女娃，虽然不是凡尘女子，命运却也没逃出凡人的苦和难。尤其是她千里寻夫，哭倒长城的故事，在我懵懂的年纪里，曾引起多少或奇幻或悲伤的情愫啊！

葫芦架上除了这些肚大嘴小的实用葫芦，也有仙模神样的观赏葫芦。这样的葫芦玲珑、别致，像个束腰的美人，讨巧可爱。它们更是神话世界里的尤物，书上写着，画上画着，神通大得很，有时，它是神仙别在腰间的器物，要么盛仙丹，要么装美酒。有时，它是法器，葫芦里装着乾坤，装着阴阳大法，只要一念咒语，妖魔鬼怪就全收了，既神奇又潇洒！

母亲不光种葫芦，还会扎纸葫芦。端午挂葫芦是端午节里一个不可或缺的元素。乡下有一种极小的鸟，每到端午节前后，就在远处的树上叫"端午挂葫芦！端午挂葫芦！"母亲叫它"葫芦籽"，说那是药王爷的使者，它提醒人们将葫芦挂起来，端午节的早晨神仙好往葫芦里放药，以便驱邪免灾。说这话时，母亲就会拈一张大红纸，取一截儿高粱秸的箭秆儿，折折抽抽便扎了一个火红的束腰大葫芦，再用碧绿的桃枝别在屋檐下，飘飘曳曳地好看。如今我也学着母亲的样子，往往在端午节的时候买回一个纸扎的红葫芦。因为楼房没有屋檐可挂，就用桃枝别在门楣上，一挂就是一年，每次从外面回来，看到葫芦，心里会涌起一丝温馨和感动，那一刻会想起母亲，想起老院子，想起童年。

葫芦多籽，象征着多子多福。而在乡下，庄稼和人一样重要，农人期望"春种一粒粟，秋收万颗子"。葫芦是来自神话的繁衍母体，所以农人就用葫芦做播种器，取名"点葫芦"。每到春天，一个农人身背点葫芦，跟着犁杖走在田野里的身影多么的虔诚和执着。他沿着垄沟走着，节奏均匀地敲击着点葫芦细长的竹管，那些种子就从葫芦腔里出来，顺着竹管乖乖地流入了大地。种子从葫芦里走一遭，自然就沾了些葫芦的祥气，然后，它们在温湿的土壤里做梦，梦见自己一夜之间长成了庄稼。风调雨顺的年月，种子很快就能梦想成真。点葫芦是农具中的妇人，具有母性的品格。一个农人选葫芦做播种器自然有心中的一份深爱和敬畏在里面。同样的情愫是葫芦在农家除了做播种器，还被锯成瓢，盛粮食、舀水，充当的都是人间烟火里实实在在的用具。

说到点葫芦，就会想起葫芦丝，同样是竹管与葫芦的结合体，在用项上却大相径庭。葫芦的神奇就在于它千变万化的用途和身份。

夕阳西下，街巷里传来《月光下的凤尾竹》这支深情悠扬的曲子。那个肤色黝黑的外乡人将大大小小的葫芦丝披挂一身，一只暗红、小巧的葫芦丝被他握在手上，边走边吹，声音幽远，带着古意，在城市傍晚的余晖里，一个吹着曲子销售葫芦丝的男人就是一道独特的风景。而葫芦丝的风景可谓幽远旷大，母性的葫芦作为乐器，历史何其的久远。从先秦到今日，葫芦丝都在爱情的传说和浪漫中被演绎着。在古典乐器的名录里，它的名字赫然在册。这种竹管与葫芦相连的乐器，带有天然的纯朴与和谐，声音幽远、流畅、玄妙，每次听到我都会心生感动，或许是因那发自母体的浑圆和深情，或许是因那来自自然的纯粹与干净，或许是因为葫芦自身的神秘和灵性。实际上，不去追踪那些关于葫芦传说的神奇，只是听到这来自葫芦的天籁之音，我就能看到葫芦游走在天地之间的母性之光，它从精神到物质，从过去到未来，一直陪伴着我们沧海桑田地走过，地老天荒，不离不弃。

（原载《华夏散文》2015 年 6 期）

有玉为琢

坐在灯下读书、喝茶或写作，腕上玉镯盈盈泛光，瞥一眼，满心喜欢和爱怜。这是离我最近的玉，一刻不离地戴在身上，温润体贴，不离不弃，从拥有的那一刻起，就注定了这样的缘分。其实，每一块玉和人都是有缘的，就像爱人，可遇不可求。

玉和人相互拥有和映照。古人奉玉为修身养德之物，因为玉的品格坚韧、温和、细腻，和人性有着太多的相像，《五经通义》说玉"温润而泽，有似于智；锐而不害，有似于仁；抑而不挠，有似于义；有瑕于内必见于外，有似于信；垂之如坠，有似于礼"；孔夫子说"玉之美，有如君子之德"，是说玉可与仁、智、义、礼、乐、忠、信、天、地、德、道等君子品格相媲美；《诗经》则有"言念君子，温其如玉"之说等。所有的溢美之词，说的都是玉的美好品相，这也是君子痴爱美玉的缘故。古人以佩玉为美为尊，《礼记·曲礼》说"君子无故，玉不去身"。君子比德如玉，不光随身佩带以示警醒和珍惜，言谈话语中也往往玉不离口，如成就某事就说玉成，把别人的文字尊为玉文，别人的书信尊为玉札，别人的身体尊为玉体、容颜为玉面，别人的话语尊为玉声，而美女或仙女干脆就叫玉女……这些数不胜数的溢美之词，凸显着君子的谦卑涵容和彬彬有礼，更让玉的美看上去魅力四射。

在中华民族几千年的华章巨著里找寻玉文化的精髓，字里行间更是充满了玉的影子。甲骨文里有玉的痕迹；《诗经》里从祭祀品到配饰，再到比德喻情，写玉的文字可谓是面面俱到，三十几篇的章节，翻翻真是眼花缭乱；

而唐诗宋词里的玉更是不计其数，诗人墨客信手拈来，写人状物，抒情感怀，颂景吟风，玉在他们的诗词里大放异彩。贺知章说"碧玉妆成一树高，万条垂下绿丝绦"，李白劝酒时说"钟鼓馔玉不足贵，但愿长醉不愿醒"，元稹想家时说"仲宣无限思乡泪，漳水东流碧玉波"，王昌龄在他的宫苑诗里也感叹"玉颜不及寒鸦色，犹带昭阳日影来"，而王翰的诗"葡萄美酒夜光杯，欲饮琵琶马上催"里虽然没提玉字，但谁都知道，那盛美酒的夜光杯就是白玉做的。史上的夜光杯来自西域，是献给周穆王的贡品，它通体洁白胜雪，极为珍贵，而王翰的诗让这等宝物在不朽中更加熠熠生辉。如今，西域的夜光杯多为天山墨玉所做，青绿的色泽看上去更显典雅、深沉和厚重。它的浑厚色调似乎更适合《凉州词》中出征盛宴的氛围，豪饮中饱含着多少悲壮啊！

玉文化不光充斥诗词，成语典故里"玉"字的使用更是比比皆是，有讲成才道理的"玉不琢不成器"，有表达气节的"宁为玉碎，不为瓦全"，有说人徒有其表的"金玉其外，败絮其中"，有说因管理者失职造成重大损失的"玉毁椟中"，还有"抛砖引玉""金玉良言""怜香惜玉""化干戈为玉帛"等，都是耳熟能详的成语。其实，玉在时光的打磨中，就像一个从天上到人间的神仙，无论实物还是精神都早已从上流社会融进了寻常百姓中，这也是玉垂爱众生的另一种品格。

古人交往，喜好赠玉。赠美玉不只表示对人的无限尊敬和厚爱，更显出赠者与被赠者的身份和修养；而情人间互赠美玉则代表着爱情的纯洁美好和忠贞，玉作为爱的信物从古至今不知演绎了多少悲欢离合的故事。《梁祝》中梁山伯带着祝英台临行前留下的蝴蝶玉扇坠去祝府提亲，演绎的是爱情的悲剧；而《拾玉镯》里傅朋遗玉镯给孙玉姣，演绎的却是花好月圆的喜剧。其实，人间万象历来有喜有悲，爱情如此，人和玉亦如此。

一个"玉字"，以象形的姿态呈现着，向世人传达的是它曾经的身世，那是王者藏在身边的宝贝。从初始时祭天的礼器到贵族的占有，它让我们想起皇帝的玉玺，想起王侯将相或大户人家腰间那些迎风作响的玉佩琼琚，手上把玩的玉如意、玉玩偶，腕上晶莹剔透的玉镯子和案几上玲珑讨巧的玉盘子、玉碗，还有去往阴曹地府时穿戴的金缕玉衣及玉面具；更会想起和氏璧，那块具有传奇经历的璞玉，带着它血泪交加的沧桑故事走近我们，每每触及，都会心生战栗。从楚厉王、楚武王到楚文王，和氏璧见证了主人卞和所经受的不幸遭遇。为了这块稀世之宝能得到它应有的地位，献玉的卞和被剁去双脚，痛苦不已，但他最大的痛不在肢体的残疾，而是昏君的有眼无珠——拿珍宝当顽石，视忠贞为欺诈，伤的是卞氏那颗赤诚的心。璞玉是稀世珍宝，而持玉者卞和的心怀也堪比美玉。他坚信璞玉是稀世珍宝，更坚信美玉伴明君的信念，这信念历经磨难不曾改变。多年以后，终于等来了楚文王这个能够享有天下第一美玉的有福之人，和氏璧从此闻名天下。后来和氏璧又演绎了"完璧归赵"的故事，亦跟它的珍奇有关。得美玉者得天下，当和氏璧在秦始皇的手里被制成传国玉玺后，它真的就成了江山社稷的标识，日后，和氏璧作为权力的象征，一直在一个又一个的帝王手中相传，历经数百年，直到五代，天下大乱，这块史上著名的美玉才不知去向。

一块玉，代表着皇帝的意志，行使生杀大权，它看惯欲望、权力、战争、血泪和苦难，也见证忠贞、信念、勇敢和进取，从春秋到五代，它和华夏民族一起走过漫长沧桑的历史，像一本无字的大书，写满了沉甸甸的故事。美玉代表江山，这就是一块玉的魅力，也是玉文化的极致。

玉是无价之宝，它出自深山，从走进人类那天起，就一直被神化和尊崇。抚摸一块美玉，目光沿着古老的时空隧道回到石器时代，看见原始的人类开山取石打磨工具，玉像精灵一样被撞见，他们的心也会跟着欣喜若狂。就是从那时起，玉就主宰了人与神的交流。在家乡的博物馆，和出自红山女神脚下的那些玉对望，目光会被一种无声的力量牵引着回到五千多年前——牛河

岸边，茅屋草舍，肤色黝黑、袒胸露背的匠人正在打磨着玉器。简陋的磨具、粗糙的双手，一枚小巧的玉猪龙已初具模样，它通体洁白如雪，颈部散着点点红云，这是一块何等上好的美玉啊，与顶礼膜拜的图腾信物真是匹配！集天地间万物精华于一身，它天生就有神的灵性和韵致。匠人挥汗如雨，汗滴落在玉上，融入玉的肌肤，化作玉的一缕精魂。玉来自天地，经人雕琢而成器，它和天地相通，也和人相息相连。玉和人一起泡在岁月里，一天一天地打磨，玉磨成器了，人磨老了，时光也磨老了，玉在人的手上羽化成仙，变成这散着灵气的玉人、玉凤、玉箍或勾云形玉佩……这些玉统统都是巫师手上的通灵宝贝。祭坛上，巫师双手捧玉，对着天地虔诚膜拜，他的意念就通过玉传达给了天地。还有那双镶嵌在女神头像上的玉眼睛，透过五千多年的时光隧道，她就那么幽远深邃地望着，至今都叫我们心生震撼！这些来自红山文化的瑰宝也是我见过的最古老的玉，它们带着五千多年前牛河梁先民的气息，静静地泊在博物馆里，透着安详、剔透、晶莹、润洁的光。在和它无声的对望里，我看到的是灿烂和不朽。

追忆玉的史迹，抚摸腕上玉镯，再环顾居所之内我所拥有的各类玉器或摆件，内心就有些感慨和感动，想玉在时光的长河里，和人类一起走过，从神圣到尊贵，可谓百媚丛生。如今它花落寻常百姓家，令我这小家敝户里的女人也有幸戴玉、藏玉和爱玉，还真得感谢它垂爱众生的品行。

（原载《文学月刊》2013 年 12 期）

茶之为饮

"头戴草帽，脚穿木屐。赴汤蹈火，在所不惜。"这个关于茶字的谜语，让茶看上去像个侠士或者大英雄。茶圣陆羽说"茶之为饮，发乎神农氏"，而我感觉这戴草帽、穿木鞋，风里来雨里去，甘于求索和献身的形象，却更像神农氏本人。神农氏踏遍青山，为济苍生尝百草，多次遇毒，可谓九死一生，最终，是茶解救了他，同时，他也将茶引进了人类的生活。应该说，没有神农氏就没有我们如今这捧在手上，喝进嘴里，暖在心上的美茗佳饮。

"茶者，南方之嘉木也"，几乎所有的茶园都在江南。每年三、四月份，当北国还处在大风呼号、百草折的寒凉之际，南方却早已是和风细雨、柳绿花红的阳春景象了。可以想象，在绿波如烟的茶园里，采茶女的身影生动俏丽，春茶新吐，嫩绿如笋，一片片的叶芽，像羞涩拘谨的深闺美人，默默地立在晨晖里，带着露珠，楚楚动人。采茶女或许还哼着吴侬软语的小调，将这些清新的叶芽采下、背回家中。接着，茶就开始了自己凤凰涅槃似的一生。《茶经》里"茶之造"一章关于茶的制作描述得非常周到细致。从采摘到封装，茶经蒸、捣、拍压、烘焙等七道工序，道道用心劳神，道道耗工费时。茶的重生，挥洒着人的汗水和体力，也涵盖着人的思想和精神，就像茶字本身，草在上，木在下，人在中间，草木和人相融相合，符合自然之道。然后，不同制作工艺的茶带着不同的身份，红、绿、乌、黑、白、青、黄、花，像戏曲里的角色，生旦净末丑各自带着特点和风格，粉墨登场。

五千多年的时光，一代又一代的人悄悄地逝去，一段又一段的岁月不知不觉地老去，江山换了又换，光阴涤洗着尘世，茶在尘世中流芳至今，像一个私自下凡的仙女，身份千变万化——祭品、菜食、药用、饮品……茶坎坷且风光地一路走来，令我们不敢小视它的前生今世。回望茶在西汉后期到三国时代的辉煌，该是多么至高无上的一段风光啊！上至皇帝，下到王孙贵族，人人以饮茶为雅为尊，那时候，茶作为宫廷的高级饮品唯我独尊，魅力四射。而到了唐宋，它又由仙女变成小家碧玉的女子，贴心可意地走进了寻常百姓家。从官员到布衣，从文人骚客到道士僧侣，个个喝茶、论茶，崇尚茶道。怀想在丝竹声声、轻歌曼舞的楼台亭榭里，表演茶道的女子妩媚、端庄，翘着兰花指，眉眼低垂，轻拈杯盏的样子叫人心生爱怜和感动。华夏民族饮食文化博大精深，然而，能与道相提并论的却唯有茶。茶生深山野岭，得雨、露、日、月、星光之滋养，经过揉捻、烘焙、紧压等多种工序后成为饮品，冲泡之后的茶又一点一点地复原，仿佛获得了新生，其境界不言而喻。每次看茶在沸水中翻滚沉浮，慢慢舒展，像花儿一样绽放，淡淡的茶香随袅袅的茗烟迅速散开，就会浮想联翩，想到道义，想到禅宗，也会想到人生和其他无法言说的意味。

古人喝茶、品茶、爱茶，也赋予茶太多的品位和文化。茶圣陆羽为茶专门著书立传，唐宋的名家诗人被茶一次又一次引得诗兴大发，给人的印象是，诗人醉酒，更醉茶。也有爱茶成癖的，比如卢仝，收到友人寄来的信和茶，还未成饮，内心就按耐不住狂喜，在纸上洋洋洒洒地写"……一碗喉吻润，两碗破孤闷。三碗搜枯肠，唯有文字五千卷。四碗发轻汗，平生不平事，尽向毛孔散。五碗肌骨清，六碗通仙灵。七碗吃不得也，唯觉两腋习习清风生……"酒醉身轻如燕，茶醉同样飘飘然。看这斯文的大诗人喝茶写茶诗，总是有点儿掩卷高歌的张扬和癫狂。

茶可一碗接一碗地狂饮，也可小盅雅器地慢品，这叫工夫茶，煮茶的水，不用井水，最好是甘洌的山泉，差一些的也要用流动的清澈河水，才配得上茶的风骨和品质。《红楼梦》里冰清玉洁一样的人物妙玉喝茶就很讲究，从茶到茶具再到煮茶的水都容不得半点俗秽。那一回，她招待黛玉、宝钗和宝玉时，吃的茶名贵，用的杯子是奇珍异宝般的器物，煮茶的水是陈年的梅花雪水。她还调侃宝玉说"一杯为品，二杯即是解渴的蠢物，三杯便是饮牛饮骡了"，说得我这天天捧壶喝茶的人看了这些文字后总是有些无地自容。

或许，是道士、僧侣包括儒家都追求超凡脱俗境界的缘故吧。印象中出家之人都对茶存一份虔诚敬止之心。庙堂寺院多在深山秀谷，所以很多道士和僧人都有种茶、制茶、饮茶的习惯。传说有许多名茶最初都是出自道士、僧人之手，因此世上才有"自古名寺出名茶"之说。道家讲究饮茶的自在和修身养性，体现着天人合一的思想。佛家讲究茶道的执着精神，以茶解睡助禅，以茶供佛、待客和自奉，要的是一种修为的内敛之气。另外，还有儒家，也喜茶的温良和雅致，在茶道里求索平和、持久、温厚的思想精神，追求寓教于乐、寓教于饮的理念。而文人学者喜茶，不光是喜茶道的清、静、亲和雅，还有它的药理作用能让舞文弄墨的人头脑清醒、思维敏捷、精神亢奋，从而妙笔生花。

国人爱茶，就带茶满世界地跑，一条条茶马古道，留下那么多潮来潮往的故事，至今翻翻还掷地有声。这些茶的故事也向着境外延伸，先是印度、中南半岛。后到土耳其和西方更远的国家。因为茶、丝绸和瓷器，让许多国家知道并记住了东方这块神秘土地。

茶文化的影响远远超出茶本身的意义，虽然茶圣陆羽说"茶之为饮"，但它却已不再是单纯的解渴之物，而是一个带着道义、禅宗和更多意义的文化瑰宝。此刻，我品着刚刚上市的新茶，写着关于茶的文字，内心禁不住跌宕起伏。想茶在奇峰险壑、烟笼雾绕的江南，从远古走到今天，历经宫廷的奢华与专宠、远渡重洋的风光和神秘，在数千年的时光里差不多修炼成仙，携着道的清高虚静，带着禅的和敬清寂，为我所用，这该是怎样的造化和福气啊！

（原载《中国文学》2013 年 5 期）

青花

青花的姿韵是小家碧玉的江南女孩。隔着幽凉的光阴，她安静、温婉、清美，带着一些远意和贵气，静静地泊在岁月的深处。我们在远去的前朝旧事里寻觅青花的媚影，总能感觉到光阴的浩渺与悠远。在漫漫的时空里，青花像盛世年华里无限风光的日子，会引起诸多怀想和追忆。

追踪第一件青花的影子，缥缈的时空竟然一下就回到了大唐。在唐朝的疆土上，河南巩义的白河瓷窑若隐若现，蓝天白云下，窑火依稀还在，青烟袅袅升起。某天的一个清晨，当工匠师傅迎着第一缕晨晖，将特殊处理过的釉下彩陶瓷坯体放入烧窑时，他的心绪一定是忐忑的，也是期待和焦灼的。在那样的时刻，窑火煅烧着瓷坯，也煅烧着工匠师傅的心。1300度的窑火，整整烧了一昼夜，他一刻不离地守着，观察火候，默默地等待着一个奇迹的发生。时间在一分一秒地熬着，当又一缕晨晖来临时，他含泪将窑门开启，青花这位凤凰涅槃一样的美人，就在那一刻惊艳亮相。她的主人惊呆了，不敢相信自己的眼睛，如此的精美绝伦，像在梦里一样。

这样的画面隐居在文字里，隔着经年的美闯进我的视线，是那么的诗意和生动。画上有烧瓷的人，有袅袅的青烟，有远山，有四季的花草。烧瓷人情绪饱满，他烧出的瓷器也丰满、具有诗意。从此，青花瓷的时光就一直在诗意里延伸，它穿越大宋三百多年的历史，在元、明、清绵长的岁月里优雅地盛开，给人以神秘、清丽之感。

元朝的天下被北方马背上的民族撑起，天生具有宏阔和豪迈的气魄，这样的气魄映射在青花瓷器上，也具有器型硕大，纹饰、装饰手法及取材多样化等特点。但青花瓷是天生的女人气质，再大气豪放的器型，也总是透射出细腻、温婉的品性。看元代的青花，往往会被一种清雅纯粹的美所折服，细腻的瓷器，雅致的线条勾勾画画，含蓄的美透过荷的清纯、梅的傲骨、兰的幽雅，一尘不染地呈现，那是一个王朝的审美取向，以青花的姿态显现着，令人过目不忘。

而大明王朝是个保守与开放并存的国家，青花瓷从唐代走到明代，在继承元青花姿韵的同时，尽情展示的是它与众不同的辉煌与繁盛。郑和七次下西洋让久负盛名的青花瓷也走向了遥远的海外。值得称道的是，郑和带去了精美的青花瓷，也带回了无可挑剔的苏麻离青料，苏麻离青料在青花瓷中的成功使用，让明代的青花瓷显示出独特的风姿。和一件明代的青花对视，总会看见那些停靠在西洋海岸的船队，那浩浩荡荡的气势像一场来自华夏大地的风。他们带去的青花瓷在那些肤色迥异的人们中间，引起的该是怎样的震撼和惊喜啊！至今说英语的人们还都用"瓷器（china）"来称呼中国，虽然显得偏颇和固执，但也足见瓷器带给他们的记忆有多么深刻。而在遥远的肯尼亚，中国的青花瓷则代表着良知或良心，是医生们举行成医礼时的重要道具。那是一个极其神圣的时刻：在安静的大屋子里，青花瓷瓶庄严肃穆地立在中央，经过了火烤和汗水洗礼的未来医生们缓缓走进屋子，绕瓶而行，逐一用手指敲击瓶子，倾听其声，然后默默离去。寓意是医生行医要时刻敲敲良心，听听良知的声音。这是对青花瓷的膜拜与敬畏。青花瓷来自泥土，经过人的打制和火的煅烧，成为精美的器皿，它是天人合一的造物，每一件瓷器都是神圣的，它是配得上这样的礼遇的。

清代的青花，几乎达到鼎盛，经过太多光阴的滤洗后，清代的青花清纯精致中又多了几分儒雅和文气，它们大多有着以画配诗的姿容，图文并茂的好看。诗画拓开一片片意境，或安静，或优雅，或端庄，或洒脱，像水一样柔美，像花一样浪漫，像风一样缥缈。那一刻，总感觉前朝旧事里那些衰败的花草和飘逝的灵魂都一一在青花瓷上复活了。

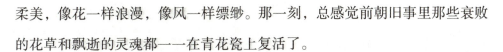

我见过的清代末年的青花，是早年摆在祖母案几上的一对胆瓶，那是祖母大婚时从娘家带来的嫁妆，纯白的质地，瓶的正面有远山，有小桥流水的村舍，藩篱围起的小院、茅屋，还有玩耍的孩童；瓶的背面，是狂草的诗文。这样的意境多像一首唐诗或宋词啊！实际上，当年祖母老院子里的境况也和那瓶上画的差不多，青瓦白墙的房子，院子里用秫秸架起的藩篱上，开满了紫色的豆角花和牵牛花。藩篱后面是祖母的菜园子，那会儿，她颠着一双小脚，提着篮子正笑呵呵地在园子里摘菜。园子外面的甬道上，我们三五个孩子嘻嘻哈哈地玩耍。而屋子里青花瓷瓶上的孩子也是三五个，穿着古旧的服饰，动作夸张，满面欢喜，只是他们的喧闹是无声的。

多少年过去后，这样如诗如画的场景一次又一次地出现在长大后的梦境里。梦里的祖母、老宅、玩伴也和青花瓷一样永远留在了童年的时光里。

是啊，光阴易老，青花易逝。隔着陈年旧事，任我们千呼万唤，青花瓷始终站在岁月的深处，让人想念和爱慕。"……天青色等烟雨 / 而我在等你 / 炊烟袅袅升起 / 隔江千万里……"听着周杰伦的《青花瓷》，心往往会被那个深情的"等"字所击中，等在无处不在的想念里，牵着情，系着爱，让人无法放下。记得有一年夏天，在景德镇看瓷器，瓷器店里五彩斑斓的陶瓷用品绚烂到张扬。那些瓷器鲜亮，浓艳的色彩散着繁华，更散着无声的喧嚣。那一刻，蓦地在心里想念起祖母的青花瓷来。那些胆瓶、茶坛之类的器皿曾经是我们日常生活里朝夕相伴的物件，它们就那么安静地立在案几上，看着光阴一寸一寸地划过，暑往寒来，不觉间，寒霜就从石阶铺到了枕边，等到祖母的两鬓也沾满霜意时，她忽然就老了。老去的祖母是留不住一件青花瓷的，自打那些瓶瓶罐罐被古董收藏者带出老宅的那一刻起，祖母的青花瓷就永远地不知去向了。

是啊，祖母的青花和每一件古旧的青花一样，款款都有自己的特质和神韵，不容复制和再造，那也是它们的魂和魄，而它们身后或沧桑或传奇或唯美的故事又会使每一件青花都呈现出波澜不惊的气质，让懂它的人一见钟情。只是这些青花离我们太远了，远到它如今已成为古玩爱好者家藏的珍宝，或是博物馆里价值不菲的文物。

　　青花的媚影在岁月的彼岸优雅地绽放，我们隔岸观花，心在它的悠远和美好里挑起长长的思念，像一根丝，剪不断，理还乱……

（原载《华夏散文》2017 年 10 期）

陶之夭夭

　　时光流逝，陶在岁月中日渐苍凉和岑寂。生活中，那些颜色青灰，外表粗糙丑陋的盆盆罐罐，被我母亲叫作瓦盆或瓦罐。抬头看看房脊，它们和成年累月在房顶上"栉风沐雨"的青瓦确实如出一炉。那些年，家里的陶器是两个被称作大盆和二盆的巨型盆，且不做盛粥盛饭的器具，只是长年在西厢闲屋的大炕上放着，里面装着长满黑霉的酱引子或其他五谷杂粮。还有两个体形迥异、肚大嘴小的陶罐，是早年的物件，弃在西厢的地下，像两段陷在尘埃里的陈旧光阴，看一眼，心情便会跟着深陷和复古。望着它们的斑斑锈迹，也会在深陷的岁月里想起祖先，那个携家带口从山东来辽西逃荒的人，在两山夹一沟的向阳处，脱坯盖房子，开荒种地。一日三餐靠稀粥烂菜糊口，陶作为饮食家什，奉献着贴心贴意的温暖。他一辈子的财产，除了两间茅草房子，就是犁杖、镐头、锄头和大大小小的陶具。那些陶有盛水盛饭的、喂鸡喂狗的，还有做便盆的……这些粗黑丑陋的器皿像无怨无悔的家人，在艰涩、苍白的生活中各司其职。陶具陪着他过了一辈子，末了，他带着陶具走进坟墓。多少年之后，在深翻土地的机器轰鸣声中，这些陶以碎片的形式和他的尸骨一起呈现在后人的面前时，那份蛮荒年月里生活的简洁和纯粹，依然在陶片里掷地有声。那是家族里最早的陶，它跟随先人从生到死，不离不弃。它来自泥土，最终又回归泥土，演绎的是自然之道。

而离我最近的陶也是一只黑色的陶钵，它来自92岁爷公公的葬礼。这种葬礼上用作烧纸的陶制小钵被称作"丧盆子"，如今，也差不多是辽西乡间仅存的陶器。在老家凌源的乡下，人去世的时候，丧盆子放在棺材头上，伴着长明灯，在里面不间断地烧冥纸，出殡时，将丧盆子在压枕头糠的石头上摔碎，石头下的印记像什么的足印，就表明这个逝去的人去托生什么了。作为丧盆子的钵体盛着冥钱，更盛着逝者的灵魂。出殡之前，丧盆子一直在灵前陪伴着逝者，起灵的那一刻，逝者走出家门，丧盆子掷地而碎，那破碎之声，凄然刺耳，像时光割断，从此生者与逝者阴阳两界。棺起钵碎，悲壮凄美，陶为那个行将入土的人决绝地壮行，又仿佛是人生的一种诠释，它来自泥土，伴着人间烟火度日，最终又回归泥土。

陶器易碎，摔在石头上，十有八九都体无完肤，但也有不碎的，这不碎的钵被称作宝盆，要装满五谷杂粮珍藏起来。那天爷公公的丧盆子摔过后就完好无损，而且恰好被我拾到，这是缘分，我小心地将其捧回，也仿佛是捧回了一段珍贵的时光，因为透过它粗黑的外表，我又看到了陶的前生今世。它来自泥土，是土著的一族，于今盛世繁华的世界里孤单寂寞地存在，登不得大雅之堂，在穷乡僻壤的集市上偶尔被推上卖场，家里有老人的人遇见了，想起它该和那些预备装老的寿衣寿木是一样的物件，就买了一个回来，放在闲处备着，免得哪一天老人去了，满世界地无处寻找。因为不知从何时起，陶就在我们的生活中变得难以寻觅了。陶来自泥土，人死去入土为安。人和陶相互映衬，由生到死地走过。这仅存的陶，在和土生土长的乡下人共赴黄泉时，也为逝者托起了绵绵的冥福。

从蛮荒的远古到现代化的今天，陶陪着我们走过多少沧桑的岁月，可翻翻人类生活的轨迹，我们却无从找到史上第一只陶来自何处？出自谁人之手？前些年，只是在湖南的一个山洞里，借助碳-14的测定，隐约知晓，那里有一片陶在距今约 1.8 万年甚至更早的年代里存在过。1.8 万年，何其遥远，但那也未必是第一只陶的遗片。人类有许多无从查询的历史，陶也一样。但不管陶出自哪个时代，它都是人类生活的一个奇迹。可以想象，第一个制陶的人，怎样独具匠心地将泥巴捏成钵体，又怎样别出心裁地放置在火上煅烧。也许，第一次他失败了，但没有气馁，接下来的不懈努力带来的是成功的巨大惊喜。经过日夜的煎熬，在某个云霞漫天的早晨，他终于含泪将陶捧出，那是怎样的激动和幸福啊！

在我们的博物馆里，有出土的红山文化时期的各种陶器，它们的质朴和纯粹，会让我近乎苍白、迟钝的想象力变得灵巧和鲜活许多，农耕时代，那些青烟袅袅的陶窑，或许就坐落在家门口的小河边。从新石器时代起，在悠悠漫长的岁月里，辽西的先人就那么一抔土、一把泥、一身汗地做着这些形状不同，花纹和色彩各异，品相不一的陶。从祭天的桶形器到生活中的各类器皿，再到神态逼真的玩偶，件件端庄美妙，件件叫人叹服。陶在辽西先人的心目中是神圣和神奇的，桶形器作为通天的礼器于积石冢里现身，让我们看到蛮荒时代先民生活的虔诚和神秘，也引发无数的猜想与好奇，那个用陶和玉厚葬的男人是谁？是作为人神沟通的使者巫师，还是统治部落的大王？在纷繁的陶片里，他的身份总是神秘莫测。牛河梁唯一的神是女神。她在女神庙里享受着人间香火，也用母性的光辉照亮了人们的智慧。人们制陶、磨玉的技艺如此高超，是一个奇迹。看那些花纹唯美的大肚陶罐，想到女神和她福佑下的子民，会被一种力量和情怀所震撼。陶罐盛下四季的光阴，盛下生活的苦辣酸甜，多像母性的胸怀，豁达、包容地凸显着。

从古到今，陶走过一条漫长的路，历经神秘、繁华、鼎盛和如今的没落与岑寂，回望时令人感念和感动。陶影悠悠，红陶、彩陶、黑陶、灰陶、白陶、硬陶、釉陶，像不断进化的人类历史，陶在日久年深中越做越精，当陶以流传或地下葬品的形式异彩纷呈地呈现在我们面前时，我们感动于陶文化的博大精深和源远流长，也感动于陶在时光的流逝中，作为人类发展的一种符号留在了历史的记忆中。

（原载《文学月刊》2014 年 3 期）

浴火成器

望着宝藏收藏者捧在手上的一把夏代青铜宝剑，我的眼前忽然闪过一幅画面：苍苍青山脚下，冶炼青铜的炉窑赫然伫立，十几个赤膊上阵的壮汉，正热火朝天地忙碌着。红铜和锡宛如激情四溢、和谐甜美的一对新人，含情脉脉地坐拥在炉窑的洞房里。炉底，燃烧的木柴烈焰熊熊。炉顶，浪漫的青烟袅袅升起……随风飘散的是铜和锡合璧交融的欢声笑语，还有冶炼者悠长的歌声。

这是夏朝的五月，铜和锡正以涅槃的仪式走向青铜的世界，人类的生活也以青铜的名义进入了一个全新的境界。

青铜该是铜和锡(或铅)相亲相爱的结晶，它像一位横空出世的超级英雄，立刻为世人所拥戴和热爱。纯铜加锡或铅熔炼出的合金因为具有高强度、低熔点、好铸造等特性，被人们喜爱和迷恋，从容器、兵器、乐器、礼器，到车马器……人类的生活从此被青铜打造和装饰着。青铜的诞生也像一场喜新厌旧的婚变，人们很快就抛弃了人老珠黄的石器，抱着青铜这乖巧、伶俐，又无所不能的大美人过起了神仙眷侣一样的美日子。而且，在日后一千五百多年漫长的岁月里，华夏民族在和青铜的厮守中，始终处在深陷和不能自拔的痴迷里。

青铜容器是夏、商、周时期最主要的器类之一，包括炊器、食器、酒器、盥洗器等。而处在青铜时代的人们所拥有的青铜器又何止是青铜的容器？实际上，耕种土地、出兵征战、敬神祭祖等，青铜器处处大显身手。走进一个夏、商或周人的生活，就走进了一个青铜的世界，他的饮食起居处处都被青铜装点着。照明的灯盏、洗漱的用具、盛水盛饭的家什、蒸煮食品的锅、耕地的犁铧、挖掘的铲镐、收割的镰刀、打仗的刀剑枪戟、敲打的乐器、祭祀的器皿，还有用来祭奠或铭记的大鼎……青铜器是他生活中的风景，更是依赖。他在人世上依仗青铜器潇洒地活了一辈子，离去后，青铜器又作为陪葬品随他来到地下。几千年的光阴过去后，他腐朽得只剩下一堆白骨，而青铜器却依旧坚硬、铿锵。面对那些来自地下的青铜器皿，我总是禁不住想入非非：那蒸煮过鹿肉和麦饭的鼎、簋、鬲和甑或许还在回味着曾经的美味？那好看的蟠龙罍和提梁卣也许正在品咂着储过的酒浆？摆过供品的那些器皿是否仍在回想着神的祥和及祖先的气定神闲？而那花纹精致的盥洗盆肯定还在翻阅着曾盛满清水洗过那些纤纤玉手的岁月！至于那些大大小小的编钟，一定还在默默地忆想着演奏过的《大雅》《小雅》《商颂》等天籁般的乐章。

青铜作为一种文明，诠释的是以使用青铜器为标志的人类物质文化发展阶段的辉煌和繁盛。从夏、商、周直到汉唐约两千六百多年的光阴，青铜器像个不老的神话，和人类如影相随。不管王朝怎么瓦解，江山怎样易主，青铜之花始终盛开不败，它的芳香弥漫整个华夏大地，从中原到东北、西北、巴蜀、岭南、东海渔岛甚至西藏，青铜的奇葩富丽繁华。这些青铜之花精美绝伦，以生动的造型、精湛的工艺，呈现出一个精彩纷呈的青铜艺术世界来。尤其是商周时代的青铜器，制作精良、形状瑰异、花纹唯美、富丽典雅，其精品数不胜数：后母戊大方鼎、毛公鼎、大克鼎、双羊尊、勾践剑、双雄宝剑、长信宫灯、嵌绿松石卧鹿，及被誉为"青铜之冠"的秦陵一号铜马车等，都是极其罕见的国宝。

后母戊大方鼎是商王为祭祀亡母戊，用一千多公斤的青铜，动用起码两三百名的工匠铸造的巨型大鼎。这个鼎无论器形还是做工都堪称是青铜器之最，所以它被封为我们国家博物馆的镇馆之宝。而让我感动和感叹的除了宝鼎本身的与众不同，更有宝鼎最初的挖掘人护鼎藏鼎的动人故事。当年，为了不让宝鼎落入日本人的魔掌，河南安阳以吴培文为首的一些农民可谓是绞尽脑汁，历尽千辛万苦，才将大宝鼎藏好。藏好宝鼎后离开家乡的吴培文随即遭到日本人的通缉，长期过着有家不能回的流亡生活。直到抗战结束，他才回到家乡。这样的故事可歌可泣，它彰显的是中华儿女的机智勇敢与赤胆忠心。这样纯粹的爱国情操，无论何时，它都和青铜一样，掷地有声。

鼎最早是蒸煮食品的器具，后作为礼器在夏、商、周时期成了国家政权的象征，用来区别上、下、贵、贱等级：各级贵族等级不同，使用鼎的数量也不同，所以鼎也是身份地位的重要标志。当时的周朝天子用九鼎，诸侯用七鼎，大夫用五鼎，元士用三鼎，士用一鼎；普通平民百姓是绝对不可以使用鼎的，百姓用鼎会招致杀身之祸。这些鼎形状、花纹相似，但大小不同，它们的尺寸依次递减地排列起来，就是所谓的"列鼎"。这套制度被称作"列鼎制度"，在西周时期成熟并得到严格的执行。

而青铜兵器的制造一直受到统治阶级高度重视，生产兵器的地方都是官营手工业部门。青铜兵器的拥有量在当时则凸显着一个国家的军事实力。《左传》中有一则故事，说公元前 642 年，郑文公到楚国拜访楚成王。成王一高兴，就表示要赐给他 200 多公斤的青铜。但大话刚出口，他就后悔了，因为他感觉人家要是拿这么多的"赐金"去做兵器的话，无疑增强了对方的军事实力。但话已说出，又不好反悔，没办法，他就与郑文公约定：这些青铜送给郑国，只能用来铸钟，不能铸兵器。于是，郑文公带着这些青铜回到郑国后，当真铸了三口大钟。

青铜器在铁器时代到来之前，始终和国家的发展、百姓的生活紧紧相连，它离百姓很近，贴心贴意的。但到了今天，那些来自前朝旧事里的青铜器却成了置诸高阁的天价古董宝贝。仿佛一个凡夫俗子，躲进深山老林，经过漫长岁月的修炼，忽然就脱胎换骨，成了高高在上的神。这个神在不经意间被世间有缘人撞见，神所处时代的精神、物质和文化等诸多因素就从它的体貌特征里显现出来。虽然它始终守口如瓶，但我还是依稀看到了每件青铜自身的故事和故事背后千姿百态的人物。望着家乡出土的一件酒器上面铸有"父丁孤竹罍"的字样，孤竹国这个北方曾经盛极一时的国家立刻在眼前复活，这个国家最著名的人物就是国君的两个儿子伯夷和叔齐。"夷齐让国"和"不食周粟"两件事让他们两个人成了贤良和忠贞的楷模。他们的行为和精神受到一代又一代人的赞扬和歌颂，他们的品性甚至还影响到了朝鲜、日本和越南等国家。伯夷和叔齐虽然因为不食周粟，最终饿死在首阳山中，但他们的精神不朽，就像青铜，不管何时何地，叩一叩，回声总是清新悦耳。

我的家乡辽西朝阳虽然地处北方，但出土的青铜器也多达万件，多数来自朝阳县魏营子和喀左县，而喀左作为古代孤竹国的领地，出土的青铜器无论是数量还是质量都令人叫绝，其中"燕侯盂"和"蟠龙兽面纹罍"还上了1982年国家邮电部发行的以青铜器精品为内容的邮票。喀左的这些青铜器藏在地下，离现世很近，只隔了薄薄一层土的距离，最初出土的十几件青铜器，要么是农民犁地时翻出来的，要么就是他们挖石头时碰到的。也正是这无意间的相遇，人们才知道在喀左的这些地方，埋藏了大量的青铜器。和魏营子墓葬中出土的青铜器不同的是，这里的出土是窖藏的形式，所以在规模上较为庞大。这庞大的青铜队伍映衬的是古代孤竹国繁荣发达的历史。

而华夏民族的历史有近两千年的时光为青铜所映照，该是怎样的辉煌和荣耀啊！前段时间，研读青铜文化的系列书籍，内心掀起潮来潮往的感动，仿佛是参加了一场青铜文化的盛宴。中国古代青铜器独有的魅力和风范，让人回味无穷。中国青铜器的数量之大无人能比，在整个青铜时代，青铜器多得无法计数，它就像天上的星星，布满整个夜空，灿灿地耀眼。而中国青铜器的分布之广，也让人瞠目。华夏大地，万里河山，从南到北青铜遍布，这让同样处在青铜时代的别国他帮望尘莫及。最为可贵的是，中国古代的青铜器不光做工考究，很多还都有铭文，这也是文化艺术发达和繁荣的体现。这些铭文在彰显历史的同时，也让中国古代的青铜器看上去更加典雅和高贵。另外，中国古代的青铜器多容器，而其他国家的青铜器则多兵器。容器来自生活，兵器出自战争，这让我们看到，在古老的青铜时代，中华民族就是个崇尚和平、安居乐业的民族。

青铜之器，气象万千。它来自古代，连着百姓生活和江山社稷，但无论是出自人间烟火的青铜容器还是来自古战场上的青铜兵器，抑或是发自祭坛的青铜礼器，它们都尽显神秘、深沉和厚重。和一件古代青铜器对视，会看见历史和人类社会诸多绚烂绮丽的景象，那是由青铜绘制的一幅又一幅色彩斑斓的历史画卷，这个画卷从夏商周画起，直到汉唐才依依不舍地收笔，它看上去精彩绝伦，气势磅礴。这巨幅的画卷铺展在华夏民族历史的长廊里，显得那么神圣和辉煌。

（原载《燕都文艺》2021 年 4 期）

磨为青龙

　　盘踞老屋厨房，终日和家人朝夕相对的，除了灶台和水缸，还有磨。磨不是很大，青绿的磨盘坚硬、周正，同样石材的磨台在日久年深的打磨中泛着润洁的光。不用时，磨盘踞着睡觉，磨杆丢盔卸甲地立在门后面，用时安上，人抱着磨杆，绕着磨一圈一圈地转，有时是驴子蒙着双眼，在磨道里颠颠地走。这时，磨就醒了，轰隆隆地叫着，吞进膨胀的豆瓣，吐出雪白的浆沫；也吞进整粒的高粱或玉米，吐出细匀的渣子。磨睡觉时，孩子们喜欢在磨台上摆些石头瓦块的小玩意，爬上爬下地过家家，可爷爷见了却吓唬说："磨为青龙，在磨台上玩，不吉利，出门会被雨拍着！"其实，磨是他眼里的神。请磨进屋，不光是为了避开研磨时光里的寒霜酷暑和风吹日晒，更有一份敬畏和虔诚存念于心。

　　磨出自深山，经人工打磨雕凿而成，带着天地的神韵，也承载着人的思想和汗水，是天人合一的造物。一盘磨的生成，离不开石匠的一双手。磨来到我们身边时，石匠却在远处，他孤独地坐在石头旁，双手粗糙，灰尘蒙垢，一锤一锤地敲打，从早到晚，汗水淋漓。钎子用尖利的意志啃着石头，而石匠的意志在于坚韧和恒久，还在于心怀有梦。一盘磨还处在石头的胚胎中，却已在石匠的心里成型了——它圆如满月，重过千钧，阴阳相交，天造地设。

　　我唯一见过的石匠，是个单身的驼背男人，粗黑的面目、粗黑的双手，说话瓮声瓮气。家里的磨老钝了，请他过来修凿。他坐在屋檐下的阳光里，眯着眼睛，叮叮当当地敲打。磨盘在他眼前的尘埃里烟笼雾绕，他咳着，嘴角的纸烟抖抖地喷云吐雾，驼背的身影映在墙上，像个猥琐的问号。他在大山沟里长年累月地凿磨，从二十岁到六十几岁，一凿就是一辈子。临死的时候，他说自己凿的磨都成仙得道了，他该去那边享福了，那些磨都等着叫他爹呢！他把磨当成了自己的孩子，尽管这辈子他在人世上没有娶妻生子，可他留下磨，就等于留下了一切。石头的磨就是他不朽的儿孙，他的血脉和灵魂都将在磨里永存。

看磨的品相，两片磨盘凹凸相吻，合二为一地安坐磨台上，会让人浮想联翩：女娲取石补天，也造男人和女人，而石匠取石凿磨，同样喻示天地、男人和女人。

石头天，石头地，

走一辈子出不去。

小小的磨在人的心里大过天地，可以囊括整个人生。

你是你，我是我，

合一起，咱俩过。

抱着走，抬着挪，

生个儿，是吃货。

揣摩这些关于磨的谜语，就像读到了人生的谶语，那是我们的人生印记，像石头一样坚硬、清晰：一个男人或女人在天地间行走，遇到彼此，相互结合，然后相扶相携地过日子，生儿育女，可回过头来想想，一辈子的人生轨迹却始终在原地转圈圈，没啥大作为。更可叹的是，儿女也像自己一样没出息，只是个吃干饭的。看着这些带着别样意味的有关磨的说辞，会感觉凿磨的石匠是匠人，更是哲人，他的心思被磨诠释着，在形而上的范畴里，闪烁着人类最朴素的思想光辉。

作为研磨粮食的工具，磨最懂农人的心事和语言。一个农人抱着磨杆走在磨道里，就像抱住身边的一段日子，脚步悠长，身影悠长。从田野到磨道，一天一天地走，春种、夏锄、秋收，农人的脚步从没停止过。可那些年，土地养在集体的臂弯里，像个光吹牛不干活儿的懒汉，打下的粮食也虚张声势，一到青黄不接的时节大家就挨饿。家人犯愁时，爷爷就到前山的自留地看看，掐一掐玉米的棒子，紧锁的眉头聚满五味杂陈的情绪，说，这棒子可以吃了。于是，就掰下那些籽粒满，但还没定浆的穗子，回来用菜刀剔下棒粒也连带着软软的棒穰。这样的粮食碾子轧不了，只能用磨磨成糊，掺上野菜烙锅贴或熬粥。磨棒子糊时，磨隆隆作响，像呜呜咽咽的哭泣，可真正的哭泣在推磨人的心里。

磨最美的日子，是爷爷在承包的地里种大豆，带着全家人开豆腐坊的时候。那时候的磨被一头驴子拉着起早贪黑地跑，驴子年轻，浑身都是朝气。被爷爷认作青龙的老磨，在它奔跑的脚步里，也龙威大显。它吞着一盆又一盆的豆瓣，轰隆隆地欢叫着，白花花的豆沫散着大豆的芳香，弥漫在厨房里。灶台上十字花的木架子吊着洁白的豆包布。锅里的豆浆汩汩地冒着热气，一口点豆腐的大缸和水缸一起，不分彼此地立在灶台旁边。家人各司其职，爷爷王者一样，站在厨房门口，指挥着点豆腐的小叔叔、烧火的婶婶，还有添磨的哥哥热火朝天地干着。磨和驴被人的热情烘托着，不知疲倦地朝前跑着……从春天到冬天，一年四季，我们的日子都被豆腐包围着，忙碌着，知足且快乐着。而磨的知足和快乐是在别人都改用机器加工豆腐的时候，家人依旧情有独钟地用它磨豆腐，挑着豆腐挑子的小叔叔，沿街一路吆喝着："石磨大豆腐！石磨大豆腐！"一声声像《诗经》里的句子，在朝阳初露的早晨，或暮色渐近的傍晚，幽幽苍苍地传来，落在心上，令乡里人为之一振，怀旧的情绪像水一样漫涌，想起自家闲置多年的老磨，生出一份无言的感动。

家人钟情老磨，不光是因为恋旧的心理和情愫，还在于磨和家人一起走过的那些岁月。磨用心记着每一粒粮食的温度，记着每一缕炊烟的走向，记着每一个家人走出老屋的身影，也记着老屋在时光的流逝中渐渐迈向荒芜的脚步。在这份不可抗拒的荒芜里，磨作为时代的一个印记，重重地落在我们的记忆里，让我们在走向未来的时候，不敢忘记自己的过去！

（原载《文学月刊》2013 年 8 期）

辽绣，花开四季

　　"原来这就是辽绣啊？"抚摸着孙明贤老先生展示在自家屋子里的那些刺绣作品，我惊讶地脱口而出。这些枕头顶、绣花鞋、花兜肚……琳琅满目的绣品不就是早年母亲和左邻右舍的婶子大娘们闲暇时做的绣活儿吗？记得母亲的大红柜子里有一本类似杂志一样的大书，书里夹着各种颜色的丝线，丝线里还放着一段晶莹剔透的花纹蛇皮，说是防丝线掉色的。那些丝线柔软鲜亮，绣出来的花朵和鱼虫栩栩如生。书里还有各类描在纸上的花样子，一个叫"针扎子"的荷包里插着各种型号的绣花针。母亲做的绣活儿有枕头顶、兜肚窝、小孩儿的绣花鞋脸儿……母亲最拿手的是绣荷花、蝴蝶和鲤鱼。我们小时候，都穿过母亲绣花的红兜肚，记得不到一周岁的小弟夏天光腚穿着一个绣荷花的红兜肚，剃得光溜溜的小脑袋上留一撮拢梳背后的毛发，粉嫩的小脸蛋儿，在母亲怀里咯咯地笑着，样子就像画里的福娃，很可爱。母亲那个年代的女人都会做绣活儿，那是一个女子应该掌握的一项技能，就像做衣服和鞋袜一样，是最基本的闺中针线活计。后来，大姐也跟母亲学过绣活儿，但却没能坚持下来，最终还是半途而废了。如今在家乡，除了十字绣，几乎没有人会做丝线的绣活儿了。

　　我来到朝阳县黑牛营子乡章吉营子村，到辽绣的传承人孙明贤老人的家里参观他们的辽绣作品。这勾起了我儿时的记忆，也令我心生惊喜和感动，孙明贤老人这些年来一直在为保护和传承这一古老的历史遗存做着不懈的努力，整理挖掘辽绣技法、申报非物质文化遗产、组织建立基地等，他马不停

蹄干着,一干就是二十几年。在他的家里,我看到了各种奖状和荣誉证书,这些大大小小的证书和那些绣品一样,凝结着他太多的心血和汗水。

起源于辽代,距今已有两千多年历史的辽绣,是东北地区流传下来的较为古老的民间艺术之一。朝阳县黑牛营子乡章吉营子村虽然不大,却是蒙、满、汉文化交融的地方,这里的刺绣历史悠久,清朝年间,这个村子曾被人们称作"绣花村"。那时候,村里家家有巧手,户户有绣品。人们喜欢刺绣,珍爱绣品。此后,在近百年的时间里,辽绣一直在这里传承和发展着,而且在融合北方少数民族刺绣工艺的基础上,形成了自己独具特色的制作技艺。如今在这个村子,辽绣已作为朝阳非物质文化遗产保护项目为人们所瞩目。在孙明贤老人的努力下,村里投入了大量的人力和物力,建立了"辽西刺绣基地",并以农民合作社的方式组织起来,发展辽绣手工技艺。这些年来,涌现出一大批农民刺绣艺人。他们的绣品有挂画、生活服饰、挂件等千余种,这些产品在国内各大传统文化手工艺市场频频亮相,受到人们的喜爱和赞美。有的还出口到泰国、韩国、日本等国家。

这会儿,老人站在宏观寺大柏树下说辽绣,自然就说起了宏观寺里那幅千手千眼观世音绣像的传奇历史。千手千眼观世音绣像是关朝饶勒玛喇嘛亲手绣制的,一直供奉在宏观寺,后来被人盗走,几经查找,没有下落。但不知是天意,还是菩萨显灵,偷盗和收藏绣像的人总是灾祸不断,这幅绣像才在丢失二十年后,不得不被送回宏观寺。听了传说,我们个个都想一饱眼福。老人就引我们来到正殿,那幅绣像就挂在正殿二楼的廊檐上,但没有对外开放展示,而是用一块布遮着。老人沿着陡窄的楼梯爬上二楼,揭开布帘,这幅神奇的观世音绣像就展示在了我们面前。我们在僧人们悠长的诵经声中仰视着它,仿佛有一种力量穿透时空扑面而来!

孙明贤老人作为辽绣的传承人,说起辽绣来,总是眉开眼笑,滔滔不绝,对绣品的爱也已经融进了他的灵魂和人生。老伴去世后,他续娶了一个单身的绣娘跟自己过日子，两个人因辽绣而结合，他们的生活也是围绕着绣品在铺展，生活中除了吃喝拉撒，就是刺绣。丝线缠缠绕绕，爱情也如丝线一样绵长，两个人的日子过得平静而幸福。他家的房子不是很大，两间屋子里摆满了各式各样的绣品，让人感觉眼花缭乱的。问他为什么不把这些作品集中放到一个地方保存起来？他讪讪地笑了，没说什么，言外之意，这些宝贝放在哪里他都不放心，唯有放在家里守着最踏实。那一刻，他望着这些绽放在布上的花朵，笑靥如花。

而辽绣这朵花可谓是花开四季，芬芳四季，它一年一年地走过，竟把自己两千多年的时光装扮得那么绚烂、绮丽。

（原载《辽宁日报》2017 年 11 月 1 日）

如豆灯火

油灯在曾经的岁月里，投下一片温暖的光和影，逝去的光阴、琐碎的往事，像梦一样缥缈。回首望去，灯火闪烁，昏暗的灯光下，恍惚有广袖长衫、束发纶巾的两个男儿在把盏对饮。分别在即，话语绕不开离别的不舍和无奈，此去山高路远，牵念的郁结如鲠在喉，硬硬的……又恍惚有一身影俊俏的小妇人，坐在灯下，拈了针线，默默地为戍边的丈夫缝着寒衣，灯光闪闪，长长的针线带着无尽的相思，一点一点地缝进衣裳……

一盏灯拓开一片别样的意境，看上去是那么的孤独、安静和伤感。漫漫长夜，一个人最怕的也许就是空帷守孤灯。读唐诗宋词，会看见那些缠缠绕绕的离愁别绪往往被一盏灯烘托得异常悲凉和凄然——"孤灯不明思欲绝，卷帷望月空长叹"（《长相思》李白），"罗帐灯昏，哽咽梦中语"（《祝英台近·晚春》辛弃疾），"残灯无焰影幢幢，此夕闻君谪九江"（《闻乐天授江州司马》元稹）……这一句句发自灵魂深处的哀叹，杜鹃啼血一样撞击着长夜的黑和空。此刻，我坐在安静的案台前，翻阅这些句子，依旧感觉凉意扑面。

其实，灯是火的化身，天生有温暖、温馨的气场。傍晚，太阳离去，黑夜渐渐袭来，点起一盏灯，将夜的黑赶走，也将惶恐和无助赶走，只留下光明与人做伴，人在一盏灯的守护下，内心该是温暖祥和的。但灯由人掌控，当灯的意境随着人的心情呈现在夜里时，它光明的羽翅下也就承受了太多悲欢离合的情绪。

日子在一天一天地过，人对灯芯怀着感念，于白天和黑夜的交替中一年一年地走过，实际上，人也像灯，光阴的烈焰耗尽人的一生后，他生命的灯就熄了。都说人死如灯灭，人和灯确实是相互映衬的。正因为如此，人才把传宗接代称为续香火，香火也指道教里的香灯。意思是说，人的血脉要永远传下去，就得像道台上的香灯一样不能停息。这样的寓意让灯看上去是那么的不同凡响，也让人生显得既浪漫又生动。

透过意境中的油灯，在灯火通明的盛世之夜，寻找那如豆灯火，感觉是那么的遥远、缥缈。屈指算一算，灯这个物件从诞生到现在，最起码该有三千年的历史了吧？古人称灯为镫，《尔雅·释器》里说"木豆谓之豆，竹豆谓之笾，瓦豆谓之登"，"登"和"镫"通用。豆是一种用来盛放菜、肉的礼器，而陶豆就是最早的灯。这种灯很简单，在扁平的陶碗里放一些油，再搭一条灯芯，灯的形象就呈现了。这样的灯作为古董存放在博物馆里，走近时，沧桑感总是扑面而来，它和所有经年的陶器一样，陷在岁月的深处，身后是古老的历史和一个又一个鲜为人知的故事。

在灯出现之前，人们的照明用具是火炬，史称烛。《说文》里说，没有点燃的火炬统称"燋"，用手举着的较小的火炬叫"烛"，放在地上较大的叫"燎"，立在门外的叫"大烛"，门内的叫"庭燎"。据说，大的火炬用松枝和芦苇，小的火炬用竹麻等材料做芯，外面缠上植物柔软的纤维，浸满松脂混油脂来燃烧。关于烛的记载，在《周礼》《仪礼》和《礼记》中都有提及。浏览有关烛的文字，感觉那时候的人们使用烟熏火燎的烛火，除为了照亮漆黑的长夜外，也许还为了防范豺狼野兽或敌对国的侵袭；或者也为远行夜归的人留一扇温馨亮堂的门；抑或为了举办庆祝丰收或某场战役胜利后的庆功晚宴，因为这样的场面在《诗经》里出现过。

但点起烛火的夜晚，很少是为了读书。虽然"秉烛达旦"说的是古人苦心研读的事，但这里的烛不是火把，而是蜡烛。没有灯的年代，古人读书学习大都在白天，孔子之所以气愤地说他的弟子宰予"朽木不可雕也，粪土之墙不可圬也"，就是因为发现宰予在大白天浪费光阴睡懒觉。至于"凿壁偷光"，则说的是西汉大臣匡衡刻苦读书的事，这里的光也不是烛火，而是灯光。灯从战国到西汉，走过了两三百年的发展史，差不多都快变成了奢华的铜制艺术品了。在博物馆里，看了西汉出土的各种动物造型的灯，会禁不住拍手叫绝。那些动物造型的铜制灯，形象生动、讨巧，做工精良、细致，从里到外都彰显着西汉人的智慧之光。

灯的出现是人类照明史上的一个大飞跃，我国最早的灯该是浙江吴兴丘城出土的原始社会时期的一盏陶灯，虽外形简单如豆，但它算得上是古灯之王。而作为古灯皇后的，应该是殷墟出土的盂形铜灯。至于东汉时的瓷灯和南朝时的宫灯，无疑就是古灯中的王子和公主了。这些灯以空前的姿态呈现，带着各自显赫一时的故事，花朵一样悄然绽放在视线里，总是让我们心生感慨和感动。

千百年来，国人心中最神奇的灯就是来自神话故事《劈山救母》里的宝莲灯，这盏灯是女娲娘娘赐给三圣母的宝贝，它有降妖捉怪的本事，还可护佑主人免灾避祸。有了这盏灯，三圣母就有了享受幸福和爱情的自由。所以当这盏灯被杨二郎的啸天犬盗走后，三圣母就被压在了华山底下，在暗无天日中慢慢度过人生。幸亏后来其子沉香夺回宝莲灯，劈山救母，全家才得以团聚。这个故事诠释了灯在中国传统文化中的象征意义，它代表着光明、自由、幸福、爱情、希望等一切人间美好的愿景。

一盏又一盏的古灯穿越历史来到我们的面前，让我们看到了灯的前生和今世，也看到了人类在灯火的世界里向着文明优雅迈进的步履。在温暖的灯光下，埋头读书、习字的身影多么的专注可爱；在油灯下做绣活儿的女人缝缝连连，飞针走线，神色多么的安详和谐；还有一家人围坐在灯光下说说笑笑的样子，多么的和美幸福。我常想，在灯之前的烛火岁月里，人类的夜生活不管如何丰富多彩、喜庆祥和，不管怎样温馨浪漫，总是难免给人留下粗犷、豪气、喧闹的印象。而有灯的夜晚，即便是元宵夜"月色灯山满帝都，香车宝盖隘通衢"的场面，也是繁华里透着安逸的雅兴。一盏盏花灯，五颜六色的好看，精彩纷呈的谜语十分娟秀地题在灯上，人们扶老携幼地看灯、猜谜，也欢天喜地看舞龙灯、耍狮子和跑旱船。在那样热闹喜庆的一座城里，灯烘托的是盛世繁华的氛围和欢乐祥和的民众情绪。

追寻油灯的踪迹，还会想起乡下的老宅子，想起母亲。春寒料峭，夜来得也早，母亲坐在煤油灯下纳鞋底的身影简约生动。"一条白龙住乌江 / 乌江岸上亮堂堂 / 白龙吸尽乌江水 / 水尽龙也亡。猜一个物件。"母亲笑眯眯地说着灯的谜语，而那盏忽明忽暗的瓷质油灯就坐在她身旁的灯窝里，它像一个黝黑的天使，举着小小的火把，拓开一片黑暗，用暖黄的微光照亮屋子，夜的漫长和寂静里就有了光明和温馨。那些年，我们在这盏灯的陪伴下，守着大山过日子，从没感觉到生活有多暗淡，因为我们想象不出在几百里甚至几千里之外的城市，电灯到底有多亮。常言道，没有想象，也就没有梦想和奢望。

这是离我最近的一盏灯，也是家里的最后一盏油灯，它的样子像个舞女，修长的灯座裙裾一样垂立着，圆圆的油壶呈现出饱满的曲线美，看着它，懵懂年纪的我常常会浮想联翩，想象它会在某天的一个夜里，突然变成讲古里的神仙舞女，乘着云朵，飘来飘去；也想象它会在某天的傍晚变成太阳的使者，将黑夜幻化成亮白如昼的美好时光。令人惊讶的是，这样的幻想很快就在村庄通电之后梦想成真。而这个梦幻里的神仙舞女，在陪伴我们度过太多漫漫长夜之后，随着顶棚上那个葫芦样灯泡的骤然亮起，真正谢幕了。然后，它在闲置的光阴里，和年迈的母亲一起渐渐地老去。

有一年去乡下，回到老院子，忽然在角落处看到它的残片，蓦地，心里涌上五味杂陈的滋味，拾起这灰尘蒙垢的瓷片，悲凉之感顿生。点油灯的日子结束了，而油灯却在逝去的光阴里破碎了，残片零落，就像那些琐碎的往事，无从找寻和拾起。回到城里，我坐在灯火通明的房间里，回想油灯下的童年时光，翻阅华夏民族灯火如豆的岁月，竟感觉如烟似梦……

（原载《华夏散文》2017 年 2 期）

草木神仙

"中药"两个字，清凉！像来自远古的一缕和风，拂过神农氏尝百草、济苍生的背影；掠过李时珍荷竹篓、走青山的身姿，在山野、在阡陌、在江河湖海的四季里和我们相遇，一丝不苟地拯救着人世间的病患痛疾，它是草木，更是救苦救难的神仙。每一味药，都那么贴心贴意，想一回，心里就会有说不出的感念。感谢苍天大地，让中药这样神奇的草木来到尘世，用如此纯粹的心性普度众生。

《神农本草经》《千金要方》《本草纲目》等一部部药书收起世上的千花百草，周到细致地告诉人们：这些奇花异草都是药材！而再美的花草，一旦做了中药，就抛却了外表的艳和俗，只留下超常的药魂和内力行走在天地间。草药的江湖，魅力深藏不露，花花草草联合出手，祛邪扶正。温热的浆汤中闪烁着看不见的刀光剑影，让这世间的疼和痛在无声的厮杀里渐渐退去。我们的病体得救了，中药芳香的气息散去，百草的滋味却留在了我们的身体里，草药的魂魄也就此驻留，呵护一生。草药从远古走到今天，上下五千年的光阴中，它早已融入国人的血脉，像遗传基因一样在我们的血液里流淌。

有谁没吃过中药呢？去看中医，大夫将三根指头按在你的腕上，静静地号过脉，伴随着"望、闻、问、切"式的察颜观色，就会像算命先生一样说出你身体的感觉和症状。然后，提笔开方子，把一些不相干的草药配到一起，一副药就有了。带着方子去药房抓药，一面墙的药橱，多像草药的家呀！大小一致的抽屉上，写着每一味药的名字，药香透过抽屉窄窄的缝隙流溢出来，弥漫在药房里，温暖、清新。白色的方子展开："当归10克、白芍10克、元胡10克、乌药10克、炙香附10克、夏枯草15克、炙附子5克、云苓10克……"那人照着方子一样一样地抓，小小的称、碎碎的药，一样一样地称过，一副药包一包，吃几副就包几包，然后回去慢慢地熬。

还依稀记得早年家里熬药的情景，铁火盆的锅支子上一个黑黑的药吊子，汩汩地冒着热气，里面的中药在沸水中吱吱作响，满屋子浓浓的中药味，飘散出去，邻人就关切地问："家里谁不舒坦了？"母亲回答得也淡然："没啥事，我有点儿小毛病，吃几副药调调。"那锅支子和药吊子平时就放在闲屋的墙角处，乌黑、岑寂。母亲还出过有关锅支子的谜语："大哥仨，小哥仨，一条皮带哥六个扎。"因为这家什不常用，我们苦思冥想猜不到，直到她说出谜底，才恍然大悟。而锅支子和药吊子也像亲哥俩，它们从来不分开，不用时就那么不声不响地待在一处，用时就一齐烟熏火燎地上阵，它们大显身手的日子正是家里有人生病吃中药的时候，所以它们的安闲，也暗示着家人的安康。

绵绵的时光里，百草葳蕤，花枝招展，药香从花草的世界飘来，隐约看见神农氏、孙思邈、李时珍……他们采药、品药、记录草药的身影清晰高大。在草药的王朝里，他们有着自己不朽的灵魂，那是药香凝聚下的光和影，纵然隔了异常久远的岁月，却始终清澈、温暖、鲜活着。

神农氏虽然活在神话里，可那走青山、攀野岭的身影时刻都在人们眼前浮现，他尝尽百草，多次遇毒，为救苍生，九死一生，这个无怨无悔的形象，有神的姿容、佛的心性。后人记录下的《神农本草经》收录动、植、矿三类，共365种药物，每一种药从性味、功能到主治，都有详尽记述，也是汉以前我国药物知识的总结，为以后药学发展奠定了一定的基础。

药王庙里，孙思邈这位在人世间存活了百余年的老寿星，也早已羽化成仙，百姓称他药王爷，是世代虔诚膜拜的一尊神。他曾经是一位地位极高的道长，长期隐居深山，一生都在做着"济世活人"的事业。他留下的《唐新本草》《千金要方》和《千金翼方》等也是科学价值极高的医学名著。

而李时珍的身影则闪现在《本草纲目》的花花草草中，他清瘦、儒雅，手里有时握着前人的药书，认真忘我地研读。有时他身背竹篓，手握铲镐，走在山岭间。有时，他在案前端坐，提笔写下每一种草药的名称、作用和秉性。他一天一天地行走、采掘，一点一点地记录、整理，日积月累，就有了我们捧在手上的这本沉甸甸的大书——《本草纲目》。

一代又一代的华夏儿女读着先人的药书，去采药、种药、吃药，就像身体力行的传教士。中药在这样的传承里，世代飘香，草药的河山、繁花伴着流水，绵长优雅地盛开，开到妇孺懂花木，开到人人见草知药性。

而我们对草药的认知，除了与生俱来的悟性，更有身边人的无私指点和传授。父亲是个粗人，不读书，也不买书，他这辈子唯一买的书是一本《图解中草药大全》，懵懂的年纪里，他就指着书里的奇花异草教我们认识它们的名称。像教小学生认字一样，极具耐心，也极用心。也正是从这本书里我们知道了，原来我们熟悉的"挠头僧"也叫白头翁！"和尚帽子花"就是桔梗！等到我们能提着镐头上山采药的时候，那些草药就在耳濡目染中熟记于心。那时候，每到夏天，放了学，大家就结伴去山里采药，身背柳条筐的身影小小的，人一走进山里，就被柴草淹没了，那些柴胡、桔梗、防风、苍术、百合、黄芩等药材就立在柴草中，样子突兀、亲切。遇到的那一刻，会引起一阵惊喜，然后，小心翼翼地抡起镐头，一镐一镐地刨下去，抖掉泥土，装进筐子。印象中，每一样药材取的都是它们的根须，回到家中，去掉它们的茎部，在阳光下晒干，然后卖给供销社。三五块钱的收入，是我们用自己的劳动换得的，特有成就感。

花草在风里舞动，在雨里摇曳，风情、浪漫。采药人也是风情浪漫的，每年的端午节前夕，有一种极小的鸟，从早到晚站在远处的树上叫"端午挂葫芦！端午挂葫芦！"听到鸟叫声，扎荷包的母亲会将一个大大的荷包连同一个火红的纸葫芦用碧绿的桃枝一起别到屋檐下。母亲说，那鸟是葫芦籽变的，是药王爷的使者，它提醒人们把葫芦挂起来，端午的早晨，药王爷好往里面放药，以保全家安康。而家人则在端午的清晨去爬山登高，顺便采回苍术、野百合和艾蒿等药材。苍术洗净放进水缸，艾蒿别在门楣上，百合插进清水的瓶中摆在窗台上，洗脸的盆中还放了枣叶或艾叶，据说是为了明目。而孩子们胸前的那些荷包也是为药王爷放药而佩戴的。荷包的样子像葫芦，它也是意象中的药葫芦。端午节除了纪念屈原，还有许多元素连接着中药，看上去神秘又浪漫。

中药的神奇让国人从古到今都相信不已，在神化的同时，对中药更是无限信奉和依赖。得了久治不愈的顽疾，人们往往会说，吃点儿中药试试，即便是癌症这样的绝症，很多患者也选择中药治疗。几乎所有的疑难杂症，都离不开中药的调治。人们信赖中药，感恩中药，中药带着花草的精魂与我们相扶相携地走过每一天。光阴在一天一天地逝去，花草在枯荣往复里不断重生，我们循着花草的身影，去采药、煎药、吃药，药香汩汩，盛满四季！

花花草草赴汤蹈火地来到我们的生活中，以涅槃的形式，融入我们身体，用巨大的内力祛邪扶正，还我们健康，它是我们心里的真神仙。

（原载《牡丹》2016 年 10 期）

娶媳妇

新媳妇在过门前和我的堂弟新郎官是青梅竹马的同学。两人打小儿就很要好，长大了，双方父母说得找个媒人了。行过定亲礼，女孩隔三差五地就来了。两人见了总是依依不舍，我三叔找到媒人说，俩人已经离不开了，得结婚了。女孩家没意见，算命先生掐指一算，八月二十二就是黄道吉日。算命先生话音一落，媒人就变成了大忙人，虽然有电话，可双方家长却羞于直接沟通，媒人整日像传话筒似的跑来跑去，各项协议达成后，媒人又变了角色——送彩礼的大使。彩礼总共五万八千元，给女方父母养育费两万八，嫁妆钱三万元，含衣服和其他物件，不包括被褥和金银首饰。此外，还要在县城买一套90平米的楼房。早晨，媒人在我三叔家喝过了酒，怀里抱着我三叔东借西凑的彩礼钱和价值一万多元的三金（金项链、金耳环、金戒指）首饰，坐着桑塔纳小轿车出发了。车上装着崭新的被褥两套、离娘肉一条、粉条一包、白酒两瓶、啤酒两箱……

八月二十二，一场小雨过后，村庄清新如洗。六辆小车顶着大红喜字齐刷刷地开进村来，七八个孩子笑嘻嘻地跟在后面跑着。我三叔家的大门上一对巨大的红双喜字和红对联热辣辣地张扬着喜庆，长长的鞭炮挑挂在门楼上，人们聚在院子里，几个小伙子站在大门外张望着。车队的喇叭声像号令，众人一齐涌出大门外，鞭炮噼里啪啦地响起来。车子停了，生性羞怯的小妹用托盘端着蒙着红布、插着绢花、装有五谷粮食的酒壶（称宝瓶）走过来，怯怯地喊着："嫂子，下车吧！"新娘低着头不言语，有人将零散的钢镚儿放进新娘的鞋里。小妹再次请新娘下车，新娘依旧不予理睬，一副目中无人的高傲样。众人忙唤出衣冠楚楚的婆婆三婶，她笑着将一个红包塞到新娘手里。一身大红色的装束，盘了头发，戴着花，化了妆，打扮得像戏剧里的彩旦的新娘这才扭捏着走下车来，这叫作"要下轿钱"，虽然时代变了，新娘没有轿子可坐，坐的是租来的婚车，可千百年流传下来的礼节是不能变的，钱还得照旧要！新娘下车后旁若无人地进大门，走甬道，直奔窗户上贴了喜字的新房而去。男男女女众星捧月一样跟在后面，录像师举着摄像机磕磕绊绊地抢镜头。新房里温馨明净、瓦亮一新，崭新的家具，崭新的电视、洗衣机、冰箱、沙发，崭新的被褥，崭新的炕毡，大衣柜里挂满了崭新的衣服……娶门戚是位儿女双全、能说会道的老年妇人。她的任务就是陪新娘子唠嗑，免得她在这大喜的日子里感到孤独和寂寞。新娘子在炕上正襟端坐，不能随便下地走动，这在乡下称为"坐福"。新郎官堂弟西装革履，满面春风地进进出出，一会儿找烟，一会儿倒水，忙碌中藏着激动和喜色。

　　院子里、屋子里到处都是人，结婚是大喜事，事先所有的亲朋好友都要通知到，落下谁都会挑礼的。礼账先生坐在窗下的阳光里，笑眯眯的脸被红彤彤的账簿映衬着，管收钱的人怀里抱着人造革的挎包，坐在他身边，此刻两人的关系有点儿像会计和出纳，礼账先生接了钱，写上礼钱和名字，再将钱交与管钱的人，管钱的人按他写的数目核对一下后，装进包里。上礼的人排着队，喊喊喳喳地唠着。姑姑和堂弟的舅舅上头礼，他们的礼钱要比所有人都大，他们的名字写在礼薄第一页的最前面，后面的人来了，以他们的钱数作参照，不管关系有多好都不能高出这个数，这既是面子上的事，也是不成文的规矩。

厨房设在西厢房的空屋里，厨师是从乡里饭店请来的师傅。帮忙烧火、改刀、洗碗、摆盘子、跑盘子上菜的人有十几个，男男女女干着活儿，谈笑风生。案板上，鸡、鸭、鱼、肉一应俱全。各类蔬菜洗净了、切好了，整齐地码在一个个巨大的盖帘上。两大锅白米饭煮好了，香喷喷的热气升起来弥漫在厨房里。租借来的桌椅板凳小山一样堆在院子里。

开席之前，三叔的屋里放了一方小炕桌，摆上糕点，斟上茶水。招来所有的至亲，按辈分轮坐，由主婚人介绍与新人相认。亲戚在炕上正襟危坐，新郎新娘站在地下躬身施礼后，客客气气地倒点水，转身出去。炕上的人象征性地吃点糕点喝点水，就忙着给下面的人让地方，这叫"找大小"，其实就是让新娘子和家里的亲戚认识一下，免得以后在大街上见了还当陌路。家里的亲戚多，新郎新娘施了半天的礼，累得够呛，快中午了才算完事儿。但这礼也不白施，婚礼结束时，婆婆是要给新娘子赏钱的，这也是多少年来约定俗成的规矩。婚礼的所有程序都是靠规矩来梳理的，规矩在乡下永远都是颠扑不破的真理，没有人怀疑它的僵化或者不准确。多少年来，村里人在婚丧嫁娶中，都自觉地按照规矩去行事，这些规矩带着传统的光环，就像满山遍野的植物一样，已深深地扎根在每位乡民的心中了。

找完大小，酒席开始了，送亲的娘家人称为"新亲"，要安排坐头一轮的上座。他们有专门的人由始至终地陪着，这一桌在开席之前一定要先上糕点和茶水，称"吃馃碟"。实际上，这些东西是没人想吃的，它只是一种礼节和造势，表示对娘家人的恭敬和客气。新娘子也吃头一轮，在新房里，她由婆门戚和送亲的女宾陪着，因为事先找过大小了，席间她就不用再出去施礼斟酒了。新房里只摆这一桌，且吃完的肉食不准端出屋去，说那是新娘的"福根"。新娘子在这一天看上去像个大家闺秀，脸上的表情内敛、安静，吃东西的样子轻描淡写，堂弟过来敬酒时，她弯弯的嘴角边闪过一丝羞涩的笑意。

酒席开始不久，念喜歌的人便到了，他念的是快板书，他站在新房的窗户下，手里呱嗒呱嗒地打着竹板，嘴上说着"百年好合，幸福美满，早生贵子"之类现成的祝福话。念喜歌也是传统婚礼中遗留下来的一种习俗，至于歌词的优美与否，没有人去计较，它完全是烘托气氛的一种玩意儿。有些嘴巧的喜歌先生，能触景生情、借题发挥地说些幽默祝福的话，逗众人一乐是再好不过的事情了。喜歌念完了，喜歌先生接了赏钱，就坐下来吃席。酒席的安排由主婚人张罗，除了送亲的人，舅舅辈的也要先吃，乡下讲究"娘亲舅大"，这是一种礼数。喝酒喜欢磨叽的人通常被安排到后面，免得他没完没了地不下桌，耽搁下面的人吃饭。新亲吃完了，不管饭菜可不可口，都要掏钱赏厨子，多少不限，只是个礼节。宾客真多，吃了一轮又一轮，还有那么多人等在院子里。念喜歌的人走了一个又来一个，这一次是吹唢呐加清唱，唱词的内容和前面的有些雷同。唢呐的曲子欢快喜庆，吹唢呐的鼓着腮帮子，把结婚的美妙吹得淋漓尽致。他吹完了，围观的人都忍不住拍巴掌，他大大方方地接过赏钱，脸上充满了得意的表情。

酒席一直进行到日头偏西才结束，该走的都走了，该住下的也住下了。三婶从管钱人手中接过礼钱，点了点，抽出一沓百元大票，两张赏给娘家来挂门帘儿的那个小男孩；两张赏给娘家来挑嫁妆的那个小伙子；十张赏给向亲戚施过礼的新娘子。厨房里的人刚吃过饭便又忙着剁馅包"子孙饺子"。饺子不多，只一小盖帘。新房里，一群姑娘小伙子，正在缠着新娘子要喜糖、拥着新郎当众亲新娘子的嘴巴、抬着新娘"颠屁蹲儿"。新郎新娘被他们要弄得无所适从，笑着叫着求饶，但大家依旧不依不饶，我大姑心疼了，过来相助，却被人扯掉了衣服扣子，笑着骂着走了。洞房闹到大半夜，有人提一小方桌放到炕上，说，别闹了，该吃"子孙饺子"了。众人才一窝蜂似的冲往厨房，冲进厨房后抓过勺子、笊篱，向着锅里就是一通捞抢。幸亏我大姑有心给堂弟先捞了一大碗，众人哄抢的当儿，新房里早已插上门，新郎官堂弟稳稳当当地坐在桌前吃上了。"子孙饺子"只新郎一个人吃，新娘坐在那儿看着，她要是禁不住新郎的劝说吃了饺子，就会被人笑话，称"缺心眼儿"。吃完了饺子，小妹过来帮新人铺床，本家的嫂子突然将一把花生、大枣和栗子撒到了崭新的被褥上，撒完了说两句荤嗑，嬉笑着挤眉弄眼地走了。新郎新娘被她的话逗得面红耳赤，上炕、熄灯、睡觉……屋子里传出了异样的动静，窗户下，几个"听声"的小伙子哈哈一笑散去了……

一场由约定俗成的规矩、礼节串联起来的婚礼帷幕也随着这最后几个好事者的散去，在夜深人静的时刻落了下来。其实，对新郎新娘来说，整个婚礼的过程只是这次喜庆欢聚活动的序幕，而真正走进婚姻，该是在这曲终人散的时刻！

大出殡

大清早，父亲就打来电话，十分哀伤地说："你老奶奶殁了……快回来吧！"

老奶奶是我的堂祖母，七十九岁的老人，半年前患上了绝症，在和病魔抗争了数月之后，顽强的老人还是走上了不归路。老奶奶中年守寡，含辛茹苦将七个儿子和三个女儿拉扯成人，在族中算得上是劳苦功高之人，按乡规族律是要风光大葬的：请来阴阳先生和鼓乐队、在家停灵三天，各路亲朋统统放下手中的活计，从四面八方赶过来。族中大事，我不敢怠慢，简单地收拾了一下行囊就匆匆往回赶。车子还未进村，凄婉的哀乐就传了过来，生死离别的哀伤立刻涌上我的喉咙，涌出我的眼角。车子停在公路边上，我手提一捆儿黄纸，边走边大声号哭起来。这是父亲在电话那端特意叮嘱的事：按规矩，嫁出去的姑娘回来奔丧时是要"哭道"的。路边站满了围观看热闹的妇人和孩子，有个女孩儿指着我的脑袋说："她头上戴的卡子真好看！"在那一刻，那个女孩没有看到我的哀伤，她只是看到了我那枚精美的镶钻发卡。我知道，这些围观的人都是村子里的熟人，平日我回来时，见了面是要笑呵呵地打声招呼的，可此刻，他们和我却如同陌路。像表演一幕独角戏，我在他们喊喊喳喳的议论中，独自悲伤着，独自踩着坑坑洼洼的土路歪歪斜斜地朝前走着。好在这段路不长，只四十几步就到了。

老奶奶家的大门两旁被层层叠叠的花圈包围着，鼓乐队架在大门外，见我走过来，三五个乐手便一齐鼓起腮帮子，嘀嘀嗒嗒地吹起来。五婶和六婶踩着鼓乐声，忙不迭地从大门里跑出来，见了我一起跪倒在地上。我吓了一跳，止住哭声，忙将她们双双搀起，原来这也是规矩：来的女宾辈分不论长幼，逝者儿媳都要行大礼致谢。逝者为大，孝字当头！古人讲，上跪天子，下跪父母。现如今国人虽然在时光的流逝中早已丢掉了上跪和下跪的礼数，但在乡下，面对逝去的父母，跪还是要讲究的，这体现的是对逝者的一份孝心。

院中央是一个用黑色帆布搭起的灵棚，灵棚下有一口罩有大红绒布棺罩的橘黄色灵柩。棺材大头朝外，棺头放一小地桌，上面摆着供菜点心，点一长明灯，烧四炷香，地上有一烧纸用的小瓦盆。棺材两边的木凳上坐着四位披麻戴孝的女人，个个悲悲切切，见我进来，她们就下意识地大放悲声，像是迎接，又像是在烘染悲伤的气氛。我跪下，点着纸，正要大哭，却被人拉起，拥进屋里，鼓乐声也停息下来。还未等站稳，就有人将一白布带子缠至我头上，这叫作"戴孝"。抬眼望去，满屋子的人，我多数都不认识，从十几岁就在外读书工作，离开村子二十余载，族中各家的孩子都已经长大成人变了模样。平日，即便是偶尔回来看望父母，其他的人也是很少谋面的，再加上那些新来的媳妇、姑爷，更是叫我无从认起。父亲像个导游一样，领着我屋里屋外地和大家相认打招呼。白发苍苍的表姑奶奶拉住我的手端详了好一阵子，才总算从记忆深处找到了我的小名，然后，她就叨叨咕咕地发起了感慨："日子不扛混吃，这丫头都这大了，才几年的光景啊……"她站在门口的风中，阳光下满头的白发看上去更加鲜亮刺眼，望着她苍老的容颜，想到躺在棺材里的老奶奶，我心中不免又引起了一阵悲伤，说话间两行清泪就淌了下来。

父亲说村里就有经营花圈的店铺，我稍作喘息便忙着去购花圈，花圈店因老奶奶的故去，这两天的生意显得比平日要好得多，店主人的脸上喜气洋洋的，他肥胖的身子在数不清的花圈中间忙碌着，他的老婆笑眯眯地和父亲打着招呼，一叠叠裁好的白纸条放在一张破旧的桌子上，盛墨汁的盘子旁边一支汁液未干的毛笔正在静静地等待着下一个购了花圈来写挽带的人。桌子后面的长凳上，两个男人在嘻嘻哈哈地跟他的老婆开着玩笑，他们的心情很好，看上去跟老奶奶一点儿关系都没有！我刚刚从那边的悲伤氛围中走出来，还无法立刻适应这里的欢声笑语，我依旧哭丧着脸、皱着眉。问了价钱，掏出五十元钱，又请店主将我的大名写上挽带，才如释重负地走出他的花圈店。

回来时，忽然觉得鼓乐声不对劲儿，原本凄婉的哀乐突然变成了悠扬舒缓的喇叭腔。进到院子里，只见大叔和二叔（逝者的长子、次子）在阴阳先生的指挥下，正一手托着装有纸元宝的托盘，一手舞着系在腰间的白布带子，绕着棺材面无表情地扭着。院外面有一辆套着纸马的纸车，车上站的纸人如五岁孩童大小。旁边还有一头小马驹大小的纸牛，那牛和马瞪着蛋壳做的大眼睛，仿佛要将世间的一切都看穿了一样。大叔和二叔头上戴着白色的孝帽子，穿着白色的孝衣，腰间系着白布带子，手上托举着装有纸元宝的托盘，踩着慢悠悠的秧歌曲，扭着来到灵柩的前面跪下，起来后便朝那纸车扭过去，然后将纸元宝装进车里。他们的样子很像是舞台上扮演跑盘子上菜的店小二，让人看了禁不住在心里发笑。他们扭完了便是其他的叔叔，两人一组，按年纪长幼依次进行，儿子扭完是媳妇，媳妇完了是闺女，闺女下来是姑爷，然后是孙子、孙女、侄子、侄媳妇、侄孙子、侄孙女……轮到我时都过晌午了，腹内早已饥肠辘辘，又加之想起小时候，学校排演一名为《十唱小靳庄》的节目就是边扭边唱的，我歌唱得不错，只因不会扭，最终被拿下的事，心中很是恐慌。最终我战战兢兢地上去了，惹得众人忍俊不禁，好在看在死者的面上，总算没有人哈哈大笑。这一项叫作"装宝"，老奶奶活着时受了一辈子的穷，临走了，这纸做的宝贝还真不少，满满一车的元宝整整装了两个小时，她带去的这些元宝，到了阴曹地府，即便不是首富，也定是个小康之家！

　　快一点了，厨房还没有开饭的意思，我肚子饿得咕咕叫，正走里走外地转悠着，就见院外面笑嘻嘻地跑进来一个女人，她四下看了看，便偷偷地将棺头地桌上的点心连碗一起揣进怀里拿走了。我正要言语，旁边的人拉了我一把说："老丧的供香是偷得的，孩子吃了好养活！"这时，有人重新拿来碗和供品摆上。于是我窃想：那些糕点在烈日下都摆放两天了，苍蝇吃了一回又一回，孩子吃了这些东西该不会得肠炎吧？正想着，就听阴阳先生喊道："准备送行啰！"所谓的"送行"，就是将这纸做的车马牛人送到村西头的空地上烧掉，寓意是送逝者灵魂升入天堂。佛家讲行善积德的人死后升入天堂，而作损作恶的人死后是要下地狱的。村里人既信佛，也信神，神是他们心中万能的救世主，多少年来，他们总是固执地认为，在神的保佑下，这辈子的苦受够了，下辈子自然就升入天堂做神去了。从"送行"那一刻起，逝者才算真正离开了家，在这之前的三天时间里，村人一直都天真地认为逝者的灵魂始终都待在宾客盈门的正屋里，她由始至终都在看着人们为她离开人间升入天堂所做着的隆重的告别仪式！所以送行之前要将逝者的魂魄从正屋里请出来，那个被阴阳先生作了法的扫帚疙瘩就代表逝者的亡灵。阴阳先生说，人的魂魄总是附着在物体之上的，人死后，离开了肉体的魂魄没有着落，就抱着扫帚疙瘩当救命稻草了！所以，从人咽气的时候起，这弃于窗外的扫帚疙瘩就被恭恭敬敬地请到了正屋的大炕上。这会儿，它被亲人小心翼翼地托着，呼叫着从炕头请下地，一直送到大门外的纸车上。纸车虽然套了纸马，但还是无法行走，由三五个壮汉抬着去往村西的空地。送行时，所有参加吊唁的人都要去，且边走边哭，步子要缓慢，哭声要响亮。焚烧之时，逝者长子要站在木凳上，用扁担指着西天，意思是给逝者的灵魂指一条去往西天的路。这时，全体妇人则要双膝跪地，号啕大哭，作呼天抢地状。这一项又足足进行了一个时辰。

送走了逝者的灵魂，接下来的事就是开追悼会。哀乐响起，全体默哀三分钟，然后由主持人宣布参加吊唁者的名单及礼钱。最后由族中颇具文才者致悼词，悼词写得很抒情，满篇满纸都是歌功颂德。致辞者显得很动情，声泪俱下地念着，弄得听者个个都跟着泣不成声。老奶奶的灵魂已经悄悄走远，只留下一副装殓尸骨的棺材，静静地停在那儿，从两天前她驾鹤云游的时候开始，许多事物都成了一个模糊的远影。这会儿，那些曾经的记忆仿佛一下就凝结成了一种剪不断、化不开的情结，让活着的亲人突然就有了感恩戴德的醒悟，于是，这个历尽了一辈子酸甜苦辣，中年守寡，为周氏家族生养了七儿三女的老奶奶，总算在告别人世的时候，受到了人们的书面颂扬和表彰！听着致辞者的哭诉声，我却暗想：在时光流逝的长河里，在新与旧的对接中，村人也学会了利用追悼会的形式来寄托自己的哀思了，然而这和前面带有浓重迷信色彩的其他葬礼程序拼接起来，却又显得有些怪诞滑稽，怎么看都像是一个裹脚的乡村老太太穿上了一件城里人的布拉吉，很有一种土洋结合的味道。

追悼会结束后，棺盖被人七手八脚地打开。一个儿女双全的妇人拿着镜子和棉签在死者的面部修饰了一下，说是"开眼光"，接着，再用成捆的棉花将死者头、脚等部位倚好。众人列队瞻仰遗容后，钉上棺盖，将灵柩放到事先绑好的木头架子上，由村里年轻力壮的小伙子抬往墓地下葬。

出殡的队伍很长，前面是手执花圈的人，七十九个花圈由四十人护送。接下来是十九位打灵幡的人，中间是抬灵柩的大队人马，后面是鼓乐队和哭着送行的女人们。队伍浩浩荡荡，哭声和鼓乐声响成一片。这期间，还有一妇人因伤心劳累过度而昏厥在地，令众人措手不及。于是，乡下人惯用的急救措施便派上了用场：掐人中、揪后脖根、用手上戴的顶针刮痧……收拾了近十几分钟，她总算苏醒。而此时打电话请来的乡村医生也背着药箱，骑着摩托车风驰电掣地赶到了，打了一支强心剂，众人才七手八脚地将她抬回去了。围观看热闹的人更是不计其数，这样的事件让全村人倾巢而出。灵柩路过的各家门前，都统统用破柴烂草点起了狼烟，据说，这也是规矩，既是为死者送行，也是防范她的游魂跨门而入。我只知道，在古代狼烟是警示敌人来犯的信号，想不到在乡下老家它还竟有送鬼驱魂的魔力。

下葬的人回来了，厨房里的饭菜也早已准备妥当，十个人一桌，东西两院共摆了三十几桌，日头都快偏西了，饥肠辘辘的人们风风火火地吃着。好喝酒的男人们吵吵嚷嚷地推杯换盏，女人们吃着白花花的米饭和大鱼大肉，喝着一瓶又一瓶勾兑的劣质饮料，说，渴坏了！院子里人声鼎沸，杯盘狼藉。葬礼结束了，吃喝还没有结束，千百年来流传下来的出殡习俗更没有结束，它像村东口上那棵枝繁叶茂的老槐树一样，在辽西这块土地上有着不朽千年的茂盛欲望！

（原载《辽西文学》2008 年 2 期）

井是村庄的月亮

老井在巷子深处，井口圆如满月，它是村人心里的月亮。井里面有甘甜的水，有四季的风，有雪花和雨滴的舞姿，有日月星辰的倒影，还有村里男人和女人的笑声，井里盛的都是醉人的光阴。村人用一个辘轳、一条井绳、一只水桶，将那些醉人的光阴捞起，挑回家中，家中的水缸就盛满了一年四季。

井旁有棵老槐树，遮天蔽日的，像井的男人，从早到晚地守着井。白天它和井一起看村人挑水说笑，夜晚，它陪着井细细地数天上的星星，也望着那枚下弦月跟井说："你比她丰满可爱多了！"井听了这话就深情地望着它，陶醉。老槐树也醉了，把风当酒，一杯一杯地喝，喝醉的老槐树手舞足蹈地为井唱歌、起舞。烈日下，老槐树举着巨大的伞盖为井遮阳，井长长地向外吐着水汽，给老槐树解暑。每到初夏，老槐树为井开一树芳香雪白的花，井坐在花香里，和村人一起看燕子翩飞，听禾苗拔节，美滋滋地想那些绿肥红瘦的日子……

日子悠长，井绳一样地缠绕着生活，村人的生活也像他们的身影，在水井、土地和家园之间辛勤地奔波、忙碌。土地要灌溉，庄稼要耕耘，家人要吃饭，孩子要成长，样样都是人生大事，样样都得尽心尽力。一个村人走在村庄里，就像一条井绳提着满满的水桶绕在辘轳上，身上的担子沉甸甸，但少有抱怨，也从不气馁，因为村人心里的梦就像一口井，圆满且美好。

风是陪井说话的神，它来去无踪，呼呼啦啦地站在井口，跟井里的水爽朗地说笑，水喜欢风的豪迈，伸出一只手，搂住风的小蛮腰，用力一拉，风就到了井里。风走了太久的路，一身尘埃，水给它洗澡除尘，风再清清爽爽地从井里出来，就有了脱胎换骨的模样，像个温和清纯的小女人，迈着细碎的脚步走过村庄，理顺一年四季的日子，让村人无比爱怜和喜欢。

冬天，雪来了，给村庄悄悄盖上洁白的大被子，大地、山峦、房屋、街巷、院落……都安静地躲在被子里面睡觉。井却醒着，睁着乌黑深邃的大眼睛，一边默诵着首打油的诗，"江上一笼统，井上黑窟窿。黑狗身上白，白狗身上肿"，一边虔诚地给村庄守夜。村庄在一口井的守护里做梦，梦见日子在"瑞雪兆丰年"的谚语中长出了翅膀，正朝着未来在飞翔。

夏天，雨从天边启程，爬山越岭抵达村庄，井笑呵呵地说："下来歇歇脚吧，我的孩子！"雨听到井的召唤，就争先恐后地顺着井口往下跑，雨跳进井的怀里撒娇，井湿漉漉地感动，雨在井里快乐地舞蹈，像一朵朵盛开的莲花，风情、妖娆的好看。井留下每一场雨的舞姿，献给村人。村人在雨的滋润下，走过一年四季的时光，心里踏实，身影勤快，脚步稳健。

井里也有阳光、星辉和月色。正午的太阳把井当成月亮在人间的化身，天天嬉皮笑脸地戏弄，它的长胡须扎得井的小脸蛋火烧火燎地羞躁。星星知道自己大不过一口井，就集体出来向着井挤眉弄眼地献媚，井收着每一颗星星的影子，留给夜行的村人做伴。月亮每逢十五就出来和井比美，井却无意和谁争妍。有时，月亮也想盖住井，但一不小心就掉进了井里，因为它不知道，小小一口井不光能纳江河，也能容天地！

井里醉人的光阴也会幻化成故事，在挑水的姑娘和小伙子之间演绎。村西头的姑娘小蔓挑起两桶水，扭着婀娜的腰肢，摆着嫩藕一样的手臂，颤悠悠地走在回家的路上，村东头的小伙子满山看着她的背影，摇辘轳的一双手就忘情地停在了半空中。小蔓人长得美，又能干，她每天都来挑水，满山常常和她在井台前相遇。小伙子殷勤地帮姑娘打水，笑眯眯地望着她说话，姑娘在他炽热的目光里羞涩、妩媚着。日久天长，爱就像井壁上的苔花悄悄地在心里绽放，这时候，挑水就成了借口，约会变成头等大事。两个人天天相约井台，情丝缠绵，像缠缠绕绕的井绳紧紧地将两颗心捆在了一处。恋爱的日子里，满山每天都帮小蔓挑水，挑着挑着，他们就成了一家子。井边滋生的爱情和井里的水一样甜美、清纯，而他们幸福的日子倒更像一口井，滋润又圆满。

人吃吃喝喝、洗洗涮涮都离不开井里的水，井水是人的命脉。鸡鸭鹅狗猪，外加骡马牛羊，还有家养的鸽子和屋檐上的麻雀也都要喝井里的水，井水也是动物们的命脉。草木和庄稼更离不开井里的水，春天干旱，种子要坐水种下去，在温度和湿度的双重关怀下，可爱的种子才会发芽、破土，长成禾苗。而从纤细的禾苗到成熟的庄稼，水至关重要。庄稼和植物要喝水，人和动物也要喝水，水是一切生命的命根子。井懂得生命的意义，所以才地老天荒地在村庄里守着，一口井全村人吃了上百年，从没见有大起大落的变化，它像一个月亮宝盒，里面的琼浆玉液取之不尽，用之不竭。即便是干旱少雨的季节，水浅了一点儿也不要紧，等到雨季来临，水位很快就上来了，就好比天上的月亮，不管多么细瘦，都会有丰盈的那一天。

井是村庄的月亮，更是村人心里的家，有村人居住的地方就一定有一口井。井和房子、土地一起默默地为每个人守着村庄，人可随时走向村外，而井、房子和土地却无法走动，不管人走多远、多久，它们始终都在原处。当外出的人说出"月是故乡明"这样的话时，他一定感知到了"背井离乡"的孤独和苦闷。村里走出去的人因为水土不服，转一圈又回来了，然后就守着土地和井过日子，直到老去。

一方水土养一方人，不管走向哪里，吃同一眼井水的人，一定有着相同的口音和秉性。在异乡，一个人举目无亲，老乡该多么叫人感到亲切和温暖啊！因为大家吃一眼井的水长大，就像一奶同胞养大的亲兄弟。"老乡见老乡，两眼泪汪汪"，那一刻，两个老乡手握着手，促膝交谈，说起出门在外的难处，说起家里的亲人，说起村庄里的人和事，也说起那口老井，总是禁不住感慨万端。那一刻，他们多么想念自己的老家呀！是啊，老家不光有亲人、老房子和土地，更有一口供养彼此长大成人的老井，老井就像村庄的月亮，嵌在村庄的大地上，也嵌在游子们的心上。

（原载《辽河》2017 年 1 期）

第三辑
墨痕点点

南八家掠影

一湖碧水

南八家人给他们的人工湖起名为《慕容湖》，这名字听来悠远、显赫，是直通历史的感觉，因为慕容二字来自三燕时的鲜卑慕容氏，慕容氏是三燕的缔造者，是创造中国北方历史的姓氏。给一个人工湖起这样大的名字，倒不是南八家人胆大妄为，是因为这方水土原本就是鲜卑祖地。

慕容湖在南八家的大营子和西沟村之间，它的样子像一个大大的人字。在这个群山环抱的地方，在这个干旱少雨的时节，我走近浩浩汤汤的慕容湖，心里忽然生出一份莫名的感动。水是一切生命之源，在少雨的辽西有了一条河，一湖水的呵护，真是件幸福的事。

生活中，绿色是我们奢望最多的色彩，因为它不光看着养眼，更代表着纯净和生机。这天上午，阳光明艳，当一湖碧绿的水携着苍苍青山闯进视线时，山水一色的浑然大气仿佛将初夏的绿都聚拢到了这里，让人从心里感到愉悦和清爽。我迎着和风，徜徉在湖边的沙土小路上，却像是走入了缥缈绮丽的梦里。微风吹过，凉爽宜人。湖水轻轻地荡漾着，波光粼粼。湖边小路绵长修远，不知道它的尽头在哪里？一路芳草逶迤，一路山水相依。三五个垂钓者静静地守在湖边的石滩上，也像守候一个悠长浪漫的梦。时间在这样的守候里一点点地向前流淌。远处，四声杜鹃的深情歌唱穿过山谷间的松树林，一声声地敲打着湖面，让慕容湖显得更加静谧和清寂。"种啥，啥好——

种啥，啥好……"在"芒种"刚刚过去的日子里，对南八家广袤的田野来说，这美妙的鸟语像祝愿，也像预言。

不知道湖边小路的尽头在哪儿？我只好匆匆折回，来到沙滩上的观景亭里向着远处瞭望，湖光山色尽收眼底。望着美轮美奂的景致，忽然，发现那鸟声又变成了"看啥——啥好，看啥——啥好……"的动静。哦，"看啥，啥好"这也是我走进南八家最直接的感受！

慕容湖祥和宁静，倚着青山在这个避开闹市区的地方，有着处子一样的纯粹与静美。它小巧、干净、清寂，约14万平方米的湖面是原生态的样子，四周群山环抱，植被茂密，环境十分优美，不见任何污浊和嘈杂之象。它安静、隐蔽却不遥远，距乡政府所在地只有6公里，距北票市区27公里，距朝阳市区也仅有28公里，是一个近在我们家门口的绝好去处。

那一刻，我站在慕容湖观景亭的石阶上，想起南八家人为慕容湖规划的未来，眼前就闪现出一幅美好的画面来：湖边的停车场里，各色车辆排列有序。旅游接待中心的宾馆和办公室里宾客盈门。一辆辆旅游大巴车，载着全国各地的游客奔赴这里。慕容湖不远处的山坳中，一字排开的动物养殖场里牛、羊、鸡、鸭成群，一家又一家特色餐馆里禽蛋肉的供应，都出自那里。湖边的山脚下，山洞主题酒吧、儿童游乐场等建筑气派显赫。稍远处是典雅别致的一座座乡村别墅。修复后的娘娘庙遗址辉煌大气，香烟缭绕。湖边有鱼塘，对面的山上有瀑布……一个原生态的，集休闲和娱乐为一体的旅游景观就这样在我的眼前一遍又一遍地闪现着，令我兴奋和激动。相信这些关于慕容湖的美好愿景，在不久的将来，一定会让慕容湖景区成为南八家最风光的地方。

两棵神树

在我心里所有的古树都是神仙，因为每一棵古树的树龄都在百年千年以上，成百上千年的岁月里，一棵树站在那儿，经受四季的风吹日晒和雨雪寒霜的洗礼、修炼，经历一代又一代人的生老病死、是非曲直以及那些你争我斗的战争和厮杀……可以说，它将世间的一切都装进了记忆，写进了年轮，所以古树也收藏着历史。

同样，南八家的历史也被一棵古柏和一棵古槐收藏着。古柏长在四家板村喇嘛洞组的长宁寺里，而古槐则在西沟村南窑组的农家小院里。也就是说，这两个神仙一个居于庙堂，一个住在民间。

四家板村虽小，却是个有着辉煌历史的地方，它是古代白川州的所在地，当初，辽明王耶律安端在这里建立白川州，当年的白川州水陆亨通，富庶美丽。那时候，四家板这个地方是辽代政治、经济和文化的中心。但世事迁延，古今多少人和事转眼都成过往。如今，站在长宁寺前，我想象着当年的繁盛景象，却无法知道那些繁华盛世的时光、那些叱咤风云的人物现今何在？它们不在悠悠的凌河水里，也不在村庄弯曲的深巷中，也许它们都在古树的年轮和记忆里吧。

长宁寺的古柏生得端庄、大气，虽然有上千年的树龄，却依然枝繁叶茂，这古树和一棵二百多年的小柏树一起在庙宇的前面巍然矗立，使长宁寺看上去除了壮观，又多了几分钟灵毓秀之气。长宁寺的后面是墙一样陡立的悬崖，悬崖上有大大小小的天然石窟几十个，最大石窟里作为隔板的石壁上还有两尊佛像，一尊轮廓比较清晰，像释迦牟尼佛，又不能确定。另一尊形状模糊，难辨其形。据说这个石窟的里外一样大，整个石窟像一间凉爽的小房子。这个石窟正对着前面的庙宇，香烟缭绕，肃静庄严。我望着石壁上端坐的佛像，忽然臆想出一个情景来：千年以前的某个清晨，两个传教的喇嘛，来到石崖前，立时被大大小小的石窟所吸引，他们在崖前久久伫立，感觉这里气场静好，景色优美，最宜修行。于是，就此驻留，不再前行，他们选了最大的石窟住下来，且在崖前植柏一棵，多年以后，他们功德圆满，先后圆寂，人们就将二人葬于石窟内，且将其形象刻上石壁。这里被人称作喇嘛洞。然后到

了清乾隆元年，又在此修建了庙宇，再植柏树一棵。这里的驻军统帅就用军队"长宁军"的称号，将寺庙命名为长宁寺。

当然这只是我的想象，关于喇嘛洞最初的记忆，谁也说不清，只有这棵古柏知道。但古柏不言，即便是再过千年万年，它也会静默如许，这也是神的内敛和修为吧。

南八家的另一尊神树——古槐，比照那棵千年的古柏来说，少了许多威严和庄重的派头，虽然我们看它，也得仰视，但它更显率性和随意。我们这些人嘈嘈杂杂地走进它所在的农家小院，抱抱它的腰，摸摸它老皮厚茧的树干，它不怒不恼，却摇头晃脑地在风中大笑，样子就像一个老爷爷在尽享儿孙绕膝的快乐。

它快乐着，也寂寞着，虽为神仙，却不像古柏一样享受香火。它处在这久不住人的农家院里，因为闲置的缘故，院子有些荒凉和破败，而院子的荒凉也让它看上去更加寂寞。

我们到来时，院子大门紧闭。可再大的门，也关不住一棵仙树的风姿和情怀！它高大的树干带着粗壮的旁枝向着天空和四周猛长，巨大的树冠遮天蔽日，枝杈高高地探出墙外，一条巷子的阳光都被它独揽着。这棵树的气魄霸道又强势。但不管多么强势，它都是可亲可爱的，因为它来自民间，是这户王姓人家的祖宗亲手栽植的，也是他们的家神。

问到它确切的年龄，就连村里王家的后人也说不清楚。这位七十多岁的王家后人戴着草帽站在那儿，跟枝繁叶茂的大树合影，他骄傲地叉着腰，笑一脸褶子，脱落的门牙露出黑洞洞，看着倒像树的长辈，可实际上，树比他的祖宗小不了多少岁。我们不知道树的具体年龄，就想量一量它的腰围，个子最高的人主动上来，两个一米八五的大个儿帅哥，外加一个近一米七零的美女，三个人手拉手，才刚刚将树干合抱过来。树太大了，就连树顶上住的戴胜鸟看起来都是小小的，它们伫立在枝间，不仔细看，甚至很难发现这些美丽的精灵。

其实，人和鸟儿在树面前都是微不足道的，无论年纪还是身躯。树是活神仙，更是活历史。一代一代的南窑村人在它的眼皮底下出生、长大、老去，几百年过去后，先前的人都化作了它脚下的泥土，它却不老不朽。村人就像庄稼，一茬一茬地长，一茬一茬地去。它记得每一个人的模样，收藏着每个人的喜怒哀乐，献给后人，它让村庄在自己的护佑下源远流长。

一座雨的碑

这碑是专门为雨立的。

南八家所在的辽西，十年九旱。人们年年祈雨盼雨，雨是化不开的心结和情愫。从北票这块土地上走出去的大作家高海涛先生虽然离家在外多年，但心里装的却也是家乡的雨。就在家乡人等雨盼雨的日子里，他写就了长篇散文《青铜雨》。南八家人因为感动和感激，很快为《青铜雨》立起一座碑，建了一个小广场。这是创意，也是情怀和远见。

《青铜雨》碑坐落在南八家大营子村，背对佛爷山，侧向毛公岭。佛爷山的山峰是大肚弥勒佛的形象，而毛公岭的主峰则是伟人毛泽东仰卧时一张脸的轮廓，毛泽东是中国百姓心里的一尊神，在这个神佛共瞩的地方，为雨立一座碑，让我们看到了《青铜雨》在南八家人心中的神圣和神秘。

《青铜雨》广场占地面积 1300 平方米，《青铜雨》碑的黑色大理石基座上有一端庄典雅的青铜色宝鼎，基座的正面是高海涛先生亲自书写的"青铜雨"三个金色大字，鼎的后上方有一排亮晶晶的钢管，是豪雨如注的感觉，有一双粗壮、厚实的大手正在捧接从天而降的雨。整个纪念碑看着简洁、美观、大气。它在恰到好处地诠释《青铜雨》的同时，也十分贴切地表达了南八家人期盼雨的心愿和诚意。

碑刻在正午的阳光下静静地矗立着，可站在碑刻前，我的耳边却充满了喧哗的雨声，那是雨的歌唱，是献给这片土地的。因为这片土地上，有雨的父亲和家园。

高海涛先生在《青铜雨》的开篇中，曾这样写道："雨也有父亲吗？——这是《圣经》里的一句话"。之前，每次读到这句话时，我也会千百次地问。

可此刻，面对着《青铜雨》的碑刻，我一下就确信：雨是有父亲的。而且，雨的父亲是有故乡和家园的。因为站在碑刻前，望着那双捧接豪雨的粗壮大手，我分明看见雨的父亲就站在家园的土地上，仰头向着天空，双手高高擎起，他捧接雨的姿势，是天下所有父亲将儿子捧在手上，爱惜、欢愉、幸福的样子。

高海涛先生在《青铜雨》里没有直接回答雨有没有父亲的问题。但他却让我们看到了一个作为雨人的父亲，那是他自己的父亲，也是辽西所有父亲的形象。这个父亲一年四季都在家园等雨、盼雨。雨来了，他高兴得吃饺子、喝酒，像过节一样欢喜、欢庆着。雨来了，他跑进雨中，忙这忙那，幸福地淋着雨，像一个快乐的孩子。每当在《青铜雨》里读到这样的情景，我总是分不清，这位父亲到底是辽西人的父亲，还是雨的父亲？

今年进入夏季以来，朝阳地区一直处在无雨的天气里，土地干渴，气温飙升。南八家人乃至整个辽西都天天在盼雨，可是却始终不见雨的踪影。但就在昨天，父亲节的时候，雨来了，下了大半个晚上。那雨不急不缓，很滋润，很贴心、解渴。每个人在祝福父亲节的快乐里欢庆着，为父亲，也为雨。

那一刻，听着哗啦啦的雨声，我想象着《青铜雨》雕像上捧接雨的那双大手，一个慈父的形象再一次闪现在眼前时，我心里顿悟：雨真是有父亲的，而它的父亲就驻守在我们的辽西大地上！

（原载《岁月》2023 年 7 期）

灵魂安处是故乡

小时候，凌源城在我眼里是个遥远、神秘的地方。大小十字街的两旁，拥拥挤挤的青瓦房将曾经的繁华一览无遗地呈现。街道上店铺林立，人影攒动，有古画的意境。柏油路上跑汽车，也走马车，仿佛是时光刻意保留的怀旧道具，招摇过市中彰显着一份极不相谐的嘈杂之美。柳树在人行道上随风起舞。城市群山环抱，山望得见，却不在跟前，在雾霭朦胧的早晨和暮色微雨的黄昏，瞧得见山顶处的烟笼雾绕或乱云飞渡。城里有老爷庙，和其他旧的事物一样，在与它不相称的年代里荒芜着；也有清真寺，却不是伊斯兰式建筑，是中式寺院庙宇的风格。城市虽属东北，却离河北更近，所以不唱二人转，只唱皮影戏和落子。城里的小吃赫赫有名，有回族风味的羊杂汤、历史悠久的吊炉烧饼、荞麦的碗坨、江米的切糕、绿豆的饹馇等，也有老字号的宋记香油、高老九烧鸡、赵家豆腐脑。让凌源人风光的是，多年以后，那些小吃食品还上过央视 2 套的某个栏目。虽然年代处在贫穷中，街铺上卖食品的女人却多半富态有加，那样的年月，城乡的差异看不出本质上的不同，都是富贵不再的样子，要算差别，也许就是这体格上的城肥乡瘦吧？

从大十字向西，沿大西街走到尽头，在一个铺有青石板的逼仄小巷里，住着母亲的两姨姐姐，一个五官开阔、温和敦厚的女人。我喊她大表姨，她笑眼弯弯地答应着，一个叫利国的小孩儿在她怀里哇哇大哭，手刨脚蹬的样子，是受到委屈却又无法表达的那种痛苦，大表姨抱着他屋里屋外地走。她的房子和院子小巧、干净，院子里长着花花草草，阳光照在花草上，繁华、鲜亮。来这个小院之前，大表姨在父母的话语里是个神话一样的人物：逃婚出来的乡下丫头，遇上当八路的表姨父，一见钟情地嫁给他，夫妻情深意笃。新中国成立后，他们从部队回到老家的县城，成为供销系统的职工，舒舒服服地过城里人的日子。可此刻，最让我感慨的倒不是他们的生活有多幸福和美满，而是三十年后，他们因突发脑出血和心脏病，在同一天离世，以"不求同年同月同日生，但求同年同月同日死"的方式，让这一世的情缘真的成了神话。

城里街道多，巷子也多，我不敢出去疯跑。星期天，跟着大人去百货商店，是进入迷宫一般的眩晕和惊讶，瞪着小眼睛看每一样商品，每一样商品都充满诱惑。一个孩子的梦想突然被抬上无以伦比的高度：我长大了要买下整个商店！可现实在梦想面前，却又是侏儒面对巨人式的尴尬，就在那一刻，我不名一钱，连一枚塑料的蝴蝶发卡都买不起！唯一的安慰是，大表姨买了一个布娃娃作为礼物送给我，也是从那一刻起，布娃娃就成了我的全部，白天抱着，睡觉时也抱着，像抱住一段锲而不舍的恋情，死缠烂打地喜爱，爱到舍它其谁的痴迷程度。也去了电影院，可那关在屋子里演的大片，并不能吸引一个习惯在露天银幕下，玩耍着瞧热闹的乡下孩子的眼球。屋子里的肃静和黑还引来了瞌睡虫，片子演到一半，我就倒在大人的怀里睡着了。城市的夜，陷在灯的世界里，繁华、迷离，叫人有点儿不知所措。路灯下，聚在一起玩耍的孩子有着城里人的傲气和干净。我站在远处，瞧着他们喧哗的身影，莫名的孤独突然袭上心头，想家的意念如水一样倾泻。那一刻，我的家在乡下。长大后，尽管所有验明正身的表格上，籍贯一栏，填写的都是"凌源"，但我心里明白，那只是个笼统的说法，也是取大舍小的意思，因为受表格的空间所限，写不下"凌源市沟门子镇胡杖子村周杖子组"这样啰里啰唆的字样。确切地说，我的老家在凌源的乡下，我是凌源的乡下人。

一个乡下人面对一座陌生的城市时，通常都是孤独的。

十几年后，再次进城时，我已经是二十岁的大人，高考的考场设在县城的中学里，像一个化茧成蝶的梦的所在，我们沿着命运的叶脉，争先恐后地朝那里赶。七月是个酷热的月份，城里的街道像个大火炉，在车水马龙的喧嚣里流光溢彩，穿着打扮入时的城里人让我们这群来自乡下的人显得土里土气，十年寒窗的磨砺，外加长期的营养匮乏，我们面相上有着跟自己年龄不相符的颓靡和老气，好在内心的憧憬和希望还在。在正午的闷热或夜晚的嘈杂里，我们躲在临街的廉价国营招待所里临阵磨枪。招待所里的服务员态度十分的傲慢，不屑一顾的眼神，碰见了，总是钉子一样搜在我们异常畏缩的心上，她的胖脸上厚厚地涂了紫罗兰美白霜，假面具一样扎眼，白大褂裹着性感的肥臀，走起路来充满了妖娆和挑逗的姿韵。那一刻，我突然很想念和蔼可亲的大表姨。可是，天生方向感和辨别力都差的我，却无法在十几年后，再次找到那个小巷深处的居所。

造成考试失利的因素，除了知识学习得不够，还有因失眠带来的头痛及严重水土不服得上的肠炎。所有的科目考完后，我心情越发的沮丧，买了车票，就百无聊赖地沿街闲逛，看到百货大楼，进去瞧瞧，依旧是进入迷宫的感觉，商品琳琅满目，充满眼花缭乱的诱惑，可我依旧囊中羞涩，仍然买不起一枚心仪的发卡！所不同的是，此时的我没了孩提时的野心，考试的失利像利剑一样斩断了我心里所有的梦想。一个梦想破灭的人走在城市的街道上，内心的孤独显而易见，看什么似乎都是一种讽刺和嘲笑。聒噪的蝉鸣、城里人清高自信的表情、机动车刺耳的笛声、小商小贩拼命的叫卖声……在那个夏天显得那么的烦乱和腻味。确切地说，我对城市的厌倦是从那次失败的高考开始的。盛夏的热浪带着城市的焦躁和患得患失，只用三天的时间就扼杀了一个乡下人的梦想。

上大学后，火车无数次经过凌源站，短短几分钟的停留，我像过客一样和它擦肩而过，它依旧是我名义上的故乡。凌源城变成令我迷恋和向往的所在，是在大学毕业之后，这样的情愫源自爱情，因为它突然变成了恋人工作和生活的地方。他的工作单位从军营转到地方后，千挑万选，最终还是因为故土难离的观念作怪，回到了祖籍的凌源。恋人在哪里，爱情和灵魂就在哪里。有好几年的时间，我所有的心思就是千方百计地回到凌源去，在那里安个家，和正常人一样结婚、过日子、养孩子，在岁月的打拼中享受和他一起慢慢变老的时光。

可是从我工作的小镇到凌源城虽然只有百八十里，却是一条漫长的路，这条路，我们一走就是十几年！我真正回到凌源的时候，人生差不多过去了一半。城市也发生了翻天覆地的变化，青瓦房被高楼大厦所取代，小巷子变成了整齐有序的住宅小区，街道加宽了，巨型商厦和临街的店铺栉比鳞次地繁华着。站在大小十字的街口，我无法沿着时光的隧道回到从前。那些陈旧的房舍和街道，在我到来之前统统都成了往事和记忆。城里的亲戚不再是大表姨一家，我们自己的弟弟、妹妹、姐姐，外加舅家的姐姐、妹妹和弟弟……好几十口人都在这里，还有众多的高中或大学的同学也在这里。处在浓浓的乡情和亲情中，再看看自己青春不再的容颜，竟然有了份少小离家老大回的归属感。那些年，我在那个温馨和谐的家里，守着自己的时光，有声有色地过日子，节假日和亲戚们聚在一起玩耍、喝酒或谈天，享受人生的快乐和惬意，心里安然且恬淡。

写下这些字的时候，想起白居易的话："我生本无乡，心安是归处。"其实，故乡就是一个人建在灵魂里的房子。房子里有亲人的气息，有我们想起来感觉很温暖的一些往事，有乡音和乡情的萦绕与牵挂。房子前面或许还有一棵枝繁叶茂的桃树，那是游子不归，依旧岁岁芬芳的情怀，它藏在每个游子的心里，花开四季。

（原载《辽河》2016 年 6 期）

风和日暖，桃树在阳光下默默地装点着花事，那浪漫妖娆的红是铺天盖地的气势，像情绪，在一个冬天的沉默和静寂后，突然就发泄出来，我们还来不及回望过去的日子，就被它的妖娆给淹没了。站在树下，会想起崔护的"人面桃花"，会想起《诗经》里"桃之夭夭"的句子，也会想起《桃花源记》。陶潜的桃花源无人能抵达，那是他心中的一个梦。我们在这个世界里找不到他梦里的祥和与美好，就像参禅和悟道，不是禅或道有多深奥，是我们的悟性不够，我们的心在世俗的腐水里放得太久了，从里到外充满了铜臭味，心窍靡顿不开。

柳树依旧风情，羞涩的枝条一年四季低垂着，仿佛是欲说还休的小妇人，和着细细的风，扭扭捏捏地搔首弄姿，掩藏不住的心事却从曼妙的腰肢和风骚的体态中流露出来。古人最喜以柳吟诗作赋的，而且，往往带着亦悲亦喜的情态。贺知章的咏柳诗满纸喜悦和爱怜，像夸一个婀娜的美人，眉开眼笑。想象得出，他站在柳树下，仰着脸儿，眯着笑眼，翘起的胡须和柳枝一样摇曳。他欢天喜地，且自问自答："碧玉妆成一树高，万条垂下绿丝绦。不知细叶谁裁出？二月春风似剪刀。"那一刻，柳树碧绿轻佻的枝条，在风中飘飘曳曳，跟他风流洒脱的个性多么的相谐和相像呀！同是咏柳，曾巩却带了忧郁、藐视的眼神和脸色，因为看着风中招招摇摇的柳树，他想起了得意猖狂的势利小人，所以他的咏柳诗有点儿指桑骂槐的味道："乱条犹未变初黄，倚得东风势便狂。解把飞花蒙日月，不知天地有清霜。"我们知道，曾巩是个大才子，才子自来清高、孤傲，他为人又磊落坦荡，看不惯的人和事太多，因此，借柳书怀，讽谏世俗，这也是人之常情吧。

槐树高高在上的样子，总是让人仰视。老迈高大的槐树都在临街的公园里，春天扑面而来的气息，好像还没有抵达它们自身的高度，粗糙的树干、干枯的枝丫依旧将沧桑诠释成绝望，所以，我看不到它们蕴含的活力和希望，只能想象：五月来临，绿肥红瘦，槐树开一树洁白的花，芬芳馥郁。那时候，它是白衣胜雪的公子，摇着香扇，望着街景，想一些前朝旧事。槐树最风光的岁月该是周代朝廷种三槐九棘的时候，长衫飘飘的公卿士大夫们分坐树下，面三槐坐者为三公。如此的至尊，致使后人也有在庭前种槐，祈求福禄的。除了公卿禄位，花香四溢的槐树还有些广为流传的浪漫逸事，《南柯一梦》说的就是广陵人淳于棼酒醉后躺在院中大槐树下，梦见自己到了大槐安国，娶了公主，做了南柯太守的美事儿。"槐"字由"木"和"鬼"构成，其灵性不言而喻，"木鬼者，树之精怪也"，所以它不但能使人做美梦，还能当月下老，《天仙配》里的七仙女情急之下强拉槐荫树做媒人，看中的也许就是槐树的灵性吧。

银杏树卫兵一样立在街道两边，这些不见开花却偷偷坐果的树木，总是让人充满好奇和遐想。白色的树干，蝶一样好看的叶片，究竟蕴含了怎样的故事，会把一树花事掩藏在心里？书上说，银杏树五月开花，十月果熟。可我却想象不出它开花的样子。知道它是现存种子植物中最古老的孑遗植物，是树木的活化石，叶子和果实都是治病的药材，就想它一定是有些造化的，或者是成仙得道的那一族，而我一个肉眼凡胎之人，看不见它的花事也就不足为奇了！这样想的时候，倒是得到了安慰。在书上，找不到关于它的诗词或典故，也许是珍稀的缘故吧，骚人墨客不好轻易借来抒怀或者言志，就像我一直喜欢它暮秋时节灿黄的风情，却不敢妄加评论和赞美一样，因为那是高贵、豪华的韵致，不容玩赏和亵渎。

合欢树在这个城市里是凤毛麟角一样的植物。小区临街的墙角处有一棵，不知道它的年轮，三层楼的高度，倒也显得伟岸和招摇。但此刻，它混在植物冬眠的大梦中，所有的风情和韵致都被乍暖还寒的日子包裹着。枯瘦的枝条将羽翅一样的叶片藏在深处，不容揭示和企望。我喜欢合欢树的寓意和它风情浪漫的花，合欢昼开夜合，花事妖娆、长久，从初夏到中秋，漫漫酷暑，烈烈阳光，花儿不焦不躁，每日绚烂妖娆地开在枝头。修长的树干举着毛茸茸的红花和流苏一样的绿叶，散着淡淡的清香，像一个优雅妩媚的女人，招招摇摇地站着，我们仰望她的美好，会忘记忧郁和愁苦，会抛却狭隘和妒忌。最要紧的是，合欢象征忠贞不渝的爱情，和斑竹一样，典故也是出自娥皇和女英。传说，舜南巡死于苍梧，娥皇、女英二妃寻遍湘江，未见，哭至泣血，然后双双死去，魂与舜合二为一，成为合欢树。一个悲情的传说却有一个喜剧的结尾，往往叫人感慨和感动，唐人韦庄就因感动而作了"虞舜南巡去不归，二妃相誓死江湄。空留万古香魂在，结作双葩合一枝"的诗，取名《合欢》，借以抒发情怀。其实，我们将无形的魂魄附着在花草树木这些有形的生命之中，寄托的只是我们在这个世间无法实现的愿望和情思。尽管这样的做法有点儿自欺欺人，但它却像一个绮丽的梦，令人陶醉和迷恋。

梦在我们的心里，也在树的枝枝丫丫间，在这个春寒料峭的日子，街树林立，我走进树的梦里，看见的却是一个春暖花开的世界！

（原载《朝阳广电报》2015 年 5 月 9 日）

姥爷的书

　　姥爷算不上文人，却写了大半辈子的字。日积月累，线装的书竟有十几册，可至今留存下来的却只有一本，其余的都在"文化大革命"时被抄走毁掉了。这本书藏在我家老房子的顶棚上，在母亲的记忆中她是藏了两本的，不知为什么另一本竟莫名其妙地不见了。用母亲的话说，是仙逝的姥爷自己收回了。这样的说法虽然玄乎，可对母亲却也是最好的安慰。剩下的这本书父母一直当成宝贝珍藏着。用一块红绸子布包着，跟父母的钱匣子一起锁在柜子里，一留就是多少年。母亲去世后，父亲看到我也写了书，就找出姥爷的书说："这本书给你吧，这是你姥爷的念想，挺珍贵的。"说这话时，他的眉宇间还显出一份荣耀："市史志办写凌源县志时还借用过呢！"书不是很厚，有些破旧，枯黄的纸页泛着古旧的韵味，像一枚陈旧的帖子，让我感受到一种久违的沉重和沧桑。我拈起来一页一页地翻，工工整整的小楷字是姥爷写的，书也是姥爷亲手装订的，文字的大部分是以诗歌的形式书写的，有点儿类似编年史。从商周写起，直到中华人民共和国成立，一气呵成。最显珍贵的是，书中还有《东北古记》以及解放前夕发生在凌源地区的一些大事件，比如，剿匪、国共两军在这一带的交战等。古老娟秀的繁体字，透着安静沉郁的美。

　　透过书里的字迹，我仿佛又看见了姥爷的音容笑貌，是他坐在炕桌旁，戴着老花镜，聚精会神写字的样子。姥爷写字的时候，我还不知晓字是什么，常常趴到桌前，看那些蝇头小楷发呆，有时还用鼻子嗅一嗅砚台里的墨，皱着眉说："好臭耶！"在那个不辨香臭的年纪里，我总是把所有怪异的味道都说成是臭，当然也包括墨香。姥爷听到我的话，就抖着长长的胡须，眯着眼睛，哈哈大笑起来，笑声过后，便是一通剧烈的咳。母亲管姥爷的气管炎叫伤力，说都是写字累的。

姥爷去世时，前去奔丧的父母带回两本书，包在一方硕大的手帕里。因为"文化大革命"还没结束，就藏到了屋的吊棚上。可是老房子翻盖时，母亲从吊棚上取下书，打开一看，两本书却少了一本，心里很是失落，但第二天早晨起来却说，夜里梦见姥爷告诉她，书他取回一本。至此，她心里的愁绪也就消散了。母亲虽然珍爱姥爷的书，可她却不识字，书上写的什么她一概不知。她对书的感情完全是出自对姥爷的那份父女之情。在她的意念里，珍藏姥爷写的一本书，就是珍藏了姥爷的精神和灵魂，因为那些文字凝结了姥爷大半生的心血。

我翻阅姥爷的书，受到的是精神上的熏染，因为透过那些工工整整的毛笔小楷，我看到了老人对待文字孜孜矻矻、锲而不舍的精神。尤其是在"文化大革命"的桎梏时期，一个称不上文人或学者的老式读书人，在承载了太多"歪理邪说"的大帽子后，依旧能静下心写字，他的心里一定有一方净土。这方净土该是开满鲜花、长满绿树、世外桃源一样的绮丽梦境。这本书写于一九五九年，看着这些比我年长许多的文字，想想已经故去多年的姥爷，我心里还会涌出一份感慨：人可以老去，时光也可以老去，唯有人写在时光里的文字会始终鲜活如初。这些想法和感悟对我这个同样热爱文字的人，无疑最是个鼓舞和鞭策。

（原载《辽宁职工报》2018 年 9 月 3 日）

皮影悠悠唱千年

　　这两天，市中心的小广场上忽然搭起一个唱皮影戏的大台子。晚上七点刚过，影匠们就登台忙着做演出前的准备。数不清的驴皮影人整齐地挂在影台左上方横吊着的竹竿上，像一件又一件色彩斑斓的服饰，在灯光下格外显眼。拉二胡的盲人师傅正在调试胡弦，在咿咿嘈嘈的喧嚣中，胡琴吱吱啦啦的响声显得特别的尖利。碘钨灯很亮，将"霓虹剑"几个大字映得通红，远远望去，如一簇簇燃烧的火焰。影窗上方还有一行醒目的大字"凌源之夏·皮影展演"。

　　夜色降临，影台里的锣鼓欢快地敲起来，于是，像得了诏令似的，一些上了年纪的老人手里提着小板凳纷纷从四面八方赶过来。城里的皮影在观众上无法和乡村比，城里的观众多为老年人，年轻人好像对皮影没有多大兴趣，他们即便是来了，也只是站在边上，瞧一下热闹或者是跑向后台，看看影窗后面的内幕而已，很少有人坐下来将一出戏从头至尾看完的。可在乡村就不一样，乡下人仿佛对皮影戏有着很深的感情，一台皮影戏往往会叫全村人倾家而出，而且人们的兴致极高，演出前，欢声笑语，像过节一样；演出时，多数人都神情专注，看得如醉如痴。我十岁的时候，就曾坐在影窗下面将一部《杨家将》从头看到尾还觉得余兴未尽。而今在城里，看一场皮影戏对一个十岁的孩子来说却不亚于读天书。这常叫我心生感慨，尤其是在电视屏幕上看到孩子们在有模有样地学唱各种戏曲的时候，我总会不由自主地想到我们的皮影戏，有时候感觉它很像那些正在走向濒危的野生动物，令我惋惜和心痛。因为印象中，一直是那些上了年纪的老人们在苦苦支撑着它，从演员到观众，年轻人似乎越来越少。尽管凌源的皮影戏已经列入"第一批国家级非物质文化遗产名录"，但它在年轻民众的心中又占多大的位置呢？

七点半钟，一通锣鼓家什敲过后，演出开始了，箭竿挑着一个芊芊俏俏的女子出场，影台里一个梳长辫子、穿红衣服的中年女人站在麦克风前，有板有眼地念着台词，然后便是一大段婉转清亮的唱腔。我一直都认为：皮影的经典除了精美的驴皮影人，就是这婉转、悠长、嘹亮的唱腔，那声音亦真亦假，像蝉的鸣唱一样绵长、鲜亮，又若行云流水一般舒展、奔放。影台上总共六个人，两个女人、一个拉胡琴的盲人、一个跑龙套的看上去有些智力障碍的半大男孩、一个唱老生的老头、一个唱丑角的中年男人，那个穿蓝色针织衫的女人既唱老旦又唱小生，红衣女人则专唱青衣。两个女人生得粗壮结实，一身乡下女人的气质，看不出半点女演员的娇美和妩媚。老头一口的地方口音，时不时便在念白里带出一句半句的土话，惹得台下的人忍不住发笑。他也是扮演多重角色的，为了区分不同人物，他有时还要掐着嗓唱，那声音虽然嘶哑，却也别有一番韵味。他们能文能武，唱念做打、吹打弹拉个个都是全才，那个男孩虽没什么特长，可人却极勤快，端茶倒水、递家什倒也做得有板有眼。在台上，这些人看上去很像是声情并茂的配音演员，这部戏是武戏，打斗厮杀的场面很多，演员在舞耍时，多数时候都是手脚并用的，他们一边用手舞着影人，一边唱着、喊着，还要不时地敲打着铁器，或用脚使劲跺着台板，以便制造出战场上刀枪拼杀的混乱氛围来。

影人由驴皮精雕细刻而成，所以皮影戏也称驴皮影。每个影人由三根箭竿挑起，一根在脖子上，两根在手上，头还可摘下互换，也就是说，一个身子可根据需要随时改变头脸，想必"改头换面"这句话就是这么来的。影人的四肢均可活动，坐下、站起、举手、投足、蹲、跪、俯、仰等人体动作都能做。三根箭竿舞在影匠的手上，然后再配上念白和唱腔，一个原本僵直、单调的影人立刻就在影幕上复活了。

　　皮影里的故事多半都很长，一个晚上唱不完，通常要唱上一周才能将一出戏演绎下来。唱皮影的时间大多都选在夏天或春秋季节，因为北方寒冷的冬天很难让人们在凛冽的寒风中坚持两三个小时来看一场皮影戏。记得小时候的皮影总是在夏天的夜晚上演，家家都关了灯，掩门闭户，村子里漆黑一片。影台从来都是搭在村头的大场院里，白亮的碘钨灯将所有的目光吸引过来，同时吸引过来的还有那些大小不一的各种飞虫。在雪白的影幕上，那些飞虫像晶莹剔透的精灵一样静静地蛰伏着、倾听着。开演之前，孩子们喜欢在人群中跑来跑去地捉迷藏，男女老少也都喜笑颜开，一场皮影会让全村甚至是邻村的人们兴奋好几天。

　　人们喜欢皮影，有时候，甚至还会在心里对皮影生出神秘的敬畏之情。不识字的母亲就曾经给我讲过一个有关影人成精的故事。说，某某影匠是个光棍儿，可是夜里却天天有个美人来陪伴他共度良宵，影匠心里大悦。可遗憾的是，天一亮，美人就不见了。影匠想留住美人朝夕相守，就趁美人睡着时，偷偷烧了她的衣服。谁知，顷刻间，美人浑身痉挛，接着伤心而死，影匠悲伤后悔不已。可令他意想不到的是，当他打开盛影人的箱子时，却发现那个仕女影人被烧焦了，那一刻他才知道：他的影人成精了！

　　甚至还有个巫婆在做法治病时，称影仙附体，于是所有的神言絮语便改成了皮影调，唱得请神问卜的人都忘却了所以，只剩下沉迷听戏的份儿了。后又传言说影仙极灵验，她预言那躺在炕上的病汉子不出俩月就会告别人世，结果病人在问卜后的第一个月零十天逝去，村人觉得不可思议。其实病人是个癌症患者，在医院时就已经宣告不治，回家等死了，即便是肉眼凡胎之人也看得出，他的生命也就是个把月的光景了。可是乡下人却喜欢将这必然的结果涂上一层神秘的色彩，让一片又一片镂刻后的驴皮在传说中复活乃至成仙得道。面对这些无稽之谈，我却总能从内心深处理解人们对皮影特有的那份痴迷和敬畏。是呀，老百姓在喜欢、崇拜某物或某人时，总是要将其神化从而令其流芳百世的，在喊某某人万岁时，其实这人早就是他们心中的神了！

据考证，皮影戏始于西汉，兴于唐朝，盛于清代，元代时甚至还传到了西亚和欧洲。小小的皮影戏在华夏大地上，如此源远流长，它的神圣和精华不言而喻，它就像价值连城的瑰宝，会随着时光的流逝而越发显得弥足珍贵。

（原载《辽西文学》2009 年 3 期）

雨夜遐想

进入夏季，雨脚就勤了，而且常常是在傍晚或夜幕降临的时候赶过来，像天空散落的星星，像晚风吹落的花瓣，雨在风中飘摇着，快乐地跳跃着。我打开窗户看雨，雨的身影就从氤氲的窗外跳进来，那一刻，屋子里到处都弥漫着一种恬淡的雨的温馨和惬意。

夜晚，我伏在案头读书，雨像躲在窗下窃窃私语的恋人。我拥抱着雨的缠绵和爱意，在雨夜里静静地坐着，然后，用灯光开拓出一片遐思冥想的空间，慢慢地提起笔来，以一页稿纸做铺垫，痴想着这个夏季的又一道闪电的降临，倾听着又一声惊雷的响起……

在这样的雨夜里，世俗的浊气总会在雨中受到千百次的淡化与涤洗，让目光穿过长长的雨夜，心中的那份希望和期待就会在这欢快的雨中放飞。倾听雨声，似有曼妙的音乐渗透在天地之间，许多事物，如阳光、月色、时间、生命、欲望……都在缓慢地飘落。那一刻，我会看见自己心静如佛。佛说，"常乐我净"，讲的是永久的安乐、永久的自由和永久的纯洁。此时聆听瓦檐流水，则会看见生命转瞬即逝。在雨中，流水的生命是以奔跑的姿态来行走的，而它行走的最终目标正是追求永久的安乐、自由和纯洁。

在这样的雨夜里，思绪还会随着流水走进遥远的岁月里。那一刻，女词人李清照甚是忧郁地从绿肥红瘦的季节走出，风雨飘摇，梧桐萧萧，都令她心碎。数年颠沛流离的命运伴着潮湿的忧伤久久地在雨中伫立，有着"生当作人杰，死亦为鬼雄"雄心气魄的女人，此刻的心情却不是一个"愁"字可

以囊括的！雨飘飘摇摇地落下，欢快而流畅，可孤苦的女词人坐在国破家亡的小窗下，却听不到她渴望的那份自由和安乐，她独守的只有心中的那份纯洁。

在这样的雨夜里，思绪还会来到七百多年前的长江边上。进京赶考的秀才或是离家赴任的官吏，因雨受阻，住在江边的一个小客栈里，夜半秉烛，望雨长吟，忽然竟得了独具神韵的佳句。"佳期不可再，风雨杳如年""君问归期未有期，巴山夜雨涨秋池"之类雨中思归的诗句仿佛从长衫飘飘的袍袖中抖出，大珠小珠般随着瓢泼的大雨砸向如墨的雨夜。然后，那人苦笑着发一声慨叹，将一腔离愁别绪抖落雨中，便沿着坎坎坷坷的仕途，向着苦苦追寻的梦想启程了。

在这样的雨夜里，思绪也会与年轻的曹禺先生邂逅。那一刻，他大笔一挥，书房里便传来一声洪亮的啼哭，一部唤作《雷雨》的巨著诞生了。然后便有了阴险、毒辣、虚伪的周朴园带领着郁郁寡欢的繁漪、道貌岸然的周平、年少天真的周冲等人在周公馆内，精心维护着这个家庭的表面繁荣和稳定的种种场景。可鲁妈的到来却像一声惊雷，打破了周家的平静。就在这个雷电交加的夜晚，周鲁两家母子、兄妹间乱伦的关系和隐情全部暴露出来。四凤羞愤触电而亡，周冲也充当了牺牲品，周平则饮弹自杀。一场悲剧就这样在雨夜里结束了。同样，一个罪恶的旧时代也在曹禺先生憧憬的梦想里结束了。

在这样的雨夜里，流水敲打着岁月，我聆听着先人送来的雨声，仿佛回到了一个缥缈的季节。在这个季节里，有多少人和事在烟雨中飘落？有多少欲望和梦想与孤苦离愁携手走进背井离乡的雨中？那一刻，雨是诠释人生的禅机，雨是时间的标记，是人事的迁延，是梦的寄托，更是悲伤的情怀。辗转之时，我看见灯下凝神静思的自己在这样的雨夜里竟忽然少了些许的浮躁和轻狂，多了些安逸平和的幸福。屏息静听，灵魂也走进别样的静寂：虫吟、鸟鸣、风声、树声……一切有声的气息仿佛都随着想象而生。在窸窸窣窣的雨声里，我想象着雨打芭蕉的美妙，想象着雨过天晴后的清新和滋润，想象着河边蛙鸣蝉噪的愉悦和诗意。这时候，生命就变成了一种真实的感受，在这个没有祈求和欲望的雨夜，我忽然渴望自己"将平庸美丽成平淡，将淡泊自足成安然"！

　　雨夜里，我为自己拥有一份宁静恬淡的心境而感动不已。

（原载《散文世界》2007 年 4 期）

桃夭

　　春天，风浩大，桃花在风中开了，又谢了。桃花易逝，就像时光，想留都留不住。前几日，花儿开得正艳，满街满树都是妖娆的花事，遇见的时候，心会跟着欢喜，会想起那些跟桃花有关的往事，往事穿越千年，多半都跟爱情和梦想有关。

　　《诗经》里"桃之夭夭，灼灼其华"的句子像一脉千年的流水，静静地漫过视线。诗里有个靓丽的新娘，她就坐在顺水而下的船舫里，惊鸿一瞥，照影翩翩。河岸上唱"桃之夭夭"的男子忘情地看着她，眼神痴迷，心情跌宕。她是他的梦中情人吗？每读一回这样的句子，我都会千万次地问。可是，文字是无声的，更是含蓄的，在这样唯美惊艳的诗行里，我无法找到答案。就像在尘世，那些可望而不可即的情感世界里，人们心里悄悄爱着的那个人，他（她）永远都住在彼岸一样，爱终究都会在无言的结局里默默地老去、消逝。

　　当年，秦淮河边。李香君的爱情像桃花一样芬芳、圣洁。她和他在雕梁画栋的廊檐下吟诗作画，素尺方寸，情意绵绵，指望这一世的情缘，就这么琴瑟和谐地走下去，直到地老天荒。可世事多变，爱的翅膀却被生生折断了。面对邪恶，她宁愿放弃生命，也不肯玷污真挚美好的爱情，就在那一刻，她决绝地撞向桌角，磕破了头，鲜血溅到扇面上，扇面上的血迹被人点染成一枝桃花，《桃花扇》就成了爱的见证。爱情的故事在小小的纸扇里演绎，是那么的柔肠百结，动人心魄。

　　翻检桃花里的爱情，也会想起崔护题在城南郊外那户人家门外的诗。春天的多情、悸动和浪漫不只在千树万树的花事，更有少男少女的情怀。去年讨水喝的书生因为心里惦记着那一树桃花和倚着桃树看他喝水的少女，再次来到这里时，桃花依旧笑迎春风，可与桃花相互映照的少女却不见了。这样物是人非的境况，带着一腔的相思和零落，让人心疼。读他的桃花诗，有一声声爱的呼唤在诗行里回荡，更有滴滴相思的清泪在无声地抛落。

往事越千年，桃花在千年的时光里妖娆地绽放，会掠去我们多少回望的眼波和情怀呀？跟着白居易去看庐山大林寺的桃花，在他即兴的吟咏中，会听到诗人意欲归隐的心声，那也是他阅尽人间沧桑、饱受宦海之苦后的无奈之举。其实，当年的很多才子诗人都渴望像不为五斗米折腰的陶潜那样，在尘世中感觉累了、厌烦了，就找一个风景宜人的地方隐居起来，一个人种点儿地，读读书，在清晨或傍晚的闲适中抚琴听水声，在花开或叶落的宁静里把酒写诗文；心情好的时候，再和僧人道士一起探讨一下佛经和教义，然后在参禅悟道的豁然开朗中，寻求人生的真谛。这样的理想追求，虽然是文人士大夫们在雄心壮志被世俗的艰难险恶消耗殆尽后的避世之举，但却也是人生修为的另一种回归。

一个美好的清静之地，一定有潭水、小溪和桃花，有篱笆墙围起的茅屋草舍，有鸟声和鸡鸣犬吠之音……所以，陶潜把他内心向往的清静之地称为桃花源，那是他的梦，也是天下所有书生的梦。

当然，这样清静的地方也可以不在深山峻岭的溪水边，它或许就在郊外。苏州城外的桃花坞，桃花遍开陌上，春光醉了十里长堤，更醉了风流倜傥的大诗人唐寅，他坐在桃花庵里，喝着小酒，吟着《桃花庵歌》，感觉比神仙还潇洒。诗人的才气首屈一指，可坎坷的命运却让他怀才不遇一辈子，大半生的时间过去后，回过头来想一想，除了吟诗作画，也没做什么惊天动地的大事。但才子毕竟是才子，嬉笑怒骂，皆成文章。他视车马权贵如粪土，奉酒盏花枝为仙人，花间独坐自饮自斟，疯癫痴狂任人评说，尽显风流和傲骨。

是啊，一树树桃花美艳艳地开在春风里，叫人看一眼，醉一回。若是坐在桃树下率性地喝酒吟诗，有风吹来，芳香四溢，酒香伴着花香一杯一杯地饮，人微醉，诗脱口而出，那才真叫宠辱皆忘、对酒当歌呢！

站在树下看桃花，想到桃花运，感觉桃花还是个迷人的小妖精，它从古至今都跟情爱连在一起，制造着美好也滋生着祸乱。很多时候，人们心里分不清美人和桃花的界限，就像分不清爱情和情欲一样。因为桃花的颜色就是爱情的色调，它暧昧、浪漫、魅惑。桃花运来了，如洪水猛兽，无法抵挡。世上最走桃花运的人该是那些忘了江山社稷，拜倒在女人的石榴裙下，一味寻欢作乐的帝王将相。桀因为妖后妹喜而亡夏朝，商纣王为妲己失江山，而花容月貌的褒姒，也是让君王看花了眼睛的一个桃夭，这个冷美人难得的一笑，竟让周幽王付出了倾国的代价。历史长河，江山万里，美女如云，因为美色迷失自己，祸乱国家的人是不胜枚举的。

岁月流逝，恁多风流韵事都成过往，可桃花运却像桃花一样，年年去，年年来，它像有害气体萦萦绕绕地考验着我们的免疫力。有些贪官走了桃花运，然后，在利欲的阴沟里翻了船，成为社会的败类。运气，是形而上的东西，有好有坏，而桃花运介于好运和坏运之间，充满了诱惑和风险。而在所有的运气里，令人又怕又想的恐怕也只有桃花运了。

春去春来，桃花兀自盛开，其实，不管我们如何自作多情地赋予它缤纷的寓意和故事，它都以自己的姿态呈现着，不骄不躁，浪漫而美好。

（原载《塞外风》2015 年 3 期）

两山两寺两棵柏

　　大孤山和小孤山是朝阳市黑牛乡营子最峻峭的两座山。大孤山在荒地村境内，山上有奇石美景，有菩提树和迎客松及许多其他不知名的树木。这里树木高大，植被茂盛，仲秋时节，站在远处看，感觉它就像一个五彩斑斓的大屏风，而双泉寺就在这个屏风的中央。沿着一条极陡的水泥路来到山上的寺庙前，仿佛站在了高高的瞭望台上，视线豁然开朗，山下的村庄、大地、河流、公路……尽收眼底。寺院里庙堂处处，总共有三层院落。最前面院落的主殿供奉三霄娘娘，中间是释迦牟尼佛，最上面是玉皇大帝。除了主殿，还有大大小小的侧殿及护法堂。这些青瓦红墙的殿堂排列有致，很壮观，充满了祥和的气势。山腰间有两处清泉，虽间隔几步远，水温却不一样，据说泉水还可医治咽喉疼痛等病症，寺院因此得名"双泉寺"，近年来也有改叫双龙寺的，但我感觉"双泉寺"更能凸显它的与众不同。寺院最早建于雍正八年（1730 年），距今已有四百多年的历史，当初是个娘娘庙，后来被战火、动乱所毁，又经几代宗师复建，才得如今的规模。在院中的一座碑刻下，拜读寺院住持释通孝大师撰写的碑文，脑海里涌现的却是双泉寺斑驳沧桑的历史，走过四百多年风风雨雨的岁月后，它多像殿堂里的那些神和佛啊，历经磨难却矢志不渝，最终修成正果。那一刻，我怀着崇敬的心情，漫步在寺院里，于香火弥漫的氛围中，感受佛与神的安详和神圣，心下蓦地生起感慨和感动。在朝阳这块土地上，最直观地彰显辽西佛教文化的元素就是这些经年的寺庙和佛塔，而每一座寺庙和佛塔的完美呈现，都离不开一代又一代佛教传承者的努力与付出。

大孤山和双泉寺相互依托和映照着走过每一天，山的绮丽让寺庙倍增神韵与祥和，寺的壮美则为山平添几多神秘和灵性。虽然时光在流逝，岁月在迁延，但大孤山会以它不变的情怀拥抱着双泉寺，守着小凌河和它脚下的这片沃土，直到地老天荒的。

和大孤山相对应的是小孤山，小孤山位于章吉营子村，它怪峰林立，据说还有很多天然的石洞，大的洞有三间房子那么大，还有的洞深不见底。如果把大孤山比作一个敦厚祥和的老人，那么小孤山就是个性十足的毛头小子。小孤山上的奇石怪峰很多，看着让人充满想象，那些奇形怪状的石峰，像动物，也像植物，但不管像什么，都让你禁不住从心里赞叹大自然的鬼斧神工。

山脚下的村子叫章吉营子，"章吉"即"章京"，是清代的官名，也就是说章吉营子这个地方是清代官宦人家居住地。而北面宏观寺的前身红大庙就是金扎兰的家庙。在寺院中有一棵八百多年的柏树，柏树后面的小庙至今还在，建庙的人是金扎兰，扎兰也是清朝的官名。应该说，章吉营子这个村子不大，却是个有着悠久历史和丰厚底蕴的地方。站在村子里，仰望小孤山，自然会想到"人杰地灵"这样的话。

小孤山脚下，也有一座寺院，那就是著名的宏观寺，这是藏传佛教的寺院，此刻，寺院正在扩建中，进院的门口堆满了建筑材料，显得有点儿嘈杂零乱。可进到院中，大柏树和金碧辉煌的藏传佛教建筑呈现在面前时，所有的嘈杂和零乱就在心里忽略不计了。寺院共有七位僧人，绛红色的僧衣、黑红的容颜，让人恍惚到了青藏高原。住持僧人金巴来自甘肃，很年轻，黝黑憨厚的脸庞，有着出家人特有的和蔼与祥和，说话时，自然地一笑，露出洁白整齐的牙齿，很漂亮，也很亲切。他引我们到会客厅，和另外一个僧人一起沏茶，端水果，殷勤地招待着每一个人，那一刻，他们不说话，却笑意盈盈，很温暖的感觉。

后面大殿里，僧人们正在诵经做法事，我们在悠长的诵经声中参观整个寺院，读功德碑上那些为寺院建设做出贡献的人的名字。在大柏树下，听村里的乡贤孙明贤老人说宏观寺的故事，讲大柏树的传奇历史，就越发地对这一方宝地感到赞叹和好奇。

小孤山在寺院和村庄的后面，站在寺院里看小孤山，觉得有一种气势和气场在上方，这时候，你感觉山是有表情的，仿佛一尊笑容满面的大佛坐在那儿，正安详地守望着村庄和寺院。

院里的那棵古柏，被称为神树。据说，这个称谓是乾隆皇帝所赐。在院中央的一个碑刻上，有神树的生平简介，说，这棵树是明洪武元年（1368年）一佛门弟子从柏木沟的天然树木中移栽过来的，而后，它就与新建的小庙相应而立，显现着吉祥。公元1792年，乾隆皇帝回到奉天祭祖，途经此地，见其一枝独秀地立在那里，甚是好看，心里大悦，随口说道："桂林山水甲天下，塞外神柏第一株。"于是，这树从此就有了"神柏"的美名。皇帝的金口玉言，还真的赋予了柏树巨大的神性，它最具传奇的故事就是公元1958年，修朝瓦铁路时，想伐除这棵树，结果，第一回，把锯弄断了；第二回，锯齿断了，有血浆样的汁液溢出，吓得锯树的人仓皇逃窜，从此再也没人敢伐这棵树了。时隔多年，一切都成往事，这些故事，我们如今也无从考证它的真伪，但这样的说法能够流传下来，说明了它在百姓心目中的神圣。

另一棵大柏树在黑牛营子乡的炮手村。前些年，经专家测定，认定它为"辽宁第一柏"，据说这棵树已有1500多年的树龄，其树围为5.05米，胸径1.6米，树高20米，树冠直径40米，树冠笼罩范围达300平方米，树的主干均匀地分出十来个枝干，再配上巨大的树冠，极像一把撑开的大伞，虽然经过了1500多年风雨的洗礼，但一点儿也不显老迈，看上去依旧枝繁叶茂。站在树下能闻到阵阵柏香，树冠上有的枝杈已经断掉，在场的村民说，是下大雪压断的。这棵树虽然年岁较长，却没有被神化的痕迹，没有传说，树干上也不见缠缠绕绕的红丝带，只是树后面有个废弃的小庙，据说这是白家的家庙。我们到达的时候，白家的后人白万富先生也在，说庙是他的祖辈建的，建庙时，家里有钱有势，日子过得风光殷实。问他的祖上叫什么名字？当年的家业有多大？官做几品？却说不清楚。看来再风光的人也有被后人遗忘的时候，而被忘却的不光是他们创造的财富，还有名字和地位！沉思时，抬头仰望柏树，树在风中守口如瓶，而我心里的敬意却油然而生，这树的伟大，不只在于它的伟岸和长寿，更在于它见证了人世间千年光阴里的兴衰与过往，炮手村一代又一代的人在它面前出生、长大、老去，唯有它将生命驻进了永恒。它活到了 1500 多年的岁数，却依然年轻挺拔，如此的神奇，它该是没有被神化的一尊真神。

（原载《文化朝阳》2015 年 4 期，入选《感受辽宁之好》）

以水为魂

一

走进古北水镇，仿佛走进了一条古老的时光隧道中。青瓦灰墙的房子，错落有致；大门虚掩的宅院，典雅幽静。传统的烧酒作坊、染坊，及纺织、刺绣、剪纸、皮影、泥塑、吹糖等民间工艺就在这些古香古色的建筑里生动优雅地展示着，还有震远镖局、擂台、杨氏寺庙和祠堂也将旧时光里的刀光剑影和壮烈情怀悄然无声地呈现着。徜徉在小镇的街巷里，恍若置身于灰瓦黛墙、小桥流水、乌篷船荡漾的南国风光中，像一段江南的旧梦，在真实里凸显着虚幻与浪漫的格调。

当城市被高楼大厦和车辆所占据，天空低矮得容不下一片阳光和月色时，人们该多么向往那片有着古老记忆，能够让身心和灵魂得到安静和抚慰的净土啊！而水镇能将真实的怀旧情结用浪漫的情调在这个远离喧嚣闹市的地方演绎得淋漓尽致，这是视野和智慧。

的确，水镇虽小，却能安放下所有到访者的灵魂，它让每一个走进来的人都能回到梦想的从前或故乡，这不是一厢情愿式的臆想，而是真实的心灵感受。去看皮影戏的时候，我就一下回到了童年：在绿肥红瘦的村庄里，坐在打谷场的谷子垛上，目不转睛地看影幕上丹顶鹤和乌龟的智斗，那是孩提时最难忘的动画片。时隔四十余年，在这千里之外的异乡小镇再次看到同样的画面，甚至表演者的念白里，还有熟悉的乡音，心里蓦地生出感动。去后台寻访，这说家乡话的几位皮影艺人果真来自故乡凌源。"君自故乡来，应知故乡事"，和老乡聊故乡，聊故乡的皮影戏，感觉这不是异乡异客的一次出游，而是寻梦途中的一次回归之旅。而在纺织展馆，看到纺车和织机，还想起了童年里的祖母和母亲坐在家里热炕头上手摇纺车纺线的情景，那是多么熟悉和亲切的画面啊！祖母和母亲早已不在了，不知道她们用过的那架纺车去了哪里？眼前的这架纺车，我也不知道它当初的主人是谁。但它一定来自我祖母、母亲，甚至比她们生活的年代更早的岁月。望着这纺车，我心里禁不住感慨万端，是啊，在光阴的长河里，有些物件比人要走得更远些，它们用自身的存在或不朽证明人类走过的印记，这也是无声的历史。

在水镇，我渴望自己的脚步能够踏遍每一个角落，因为不知道在哪一座庭院、哪一间房子里就会碰到自己内心所要寻找的东西，虽然这些东西我们谁都带不走，但我知道，它能给我浮躁的灵魂以安抚和慰藉，让我在走向未来的日子里，不会忘记自己的来处。

二

灰，是稳重、高雅的色调。青瓦灰墙的水镇就坐在自己的稳重和高雅里，在迎来送往的时光中和司马台长城一起过着自己空灵、清寂的日子。

水镇的空灵和清寂不在于它表面的街巷有多么的狭小和逼仄、游客有多么的嘈杂和拥挤，而在于它内在的清虚和寂静。在门庭若市的喧嚣中，它就像一位身处闹市的修行者，心无杂念地打坐着，有着物我两忘的清高与超脱。

徜徉在水镇的街巷里，空寂的感觉时刻萦绕于心，那一刻，游人大大小小地在身旁闪过，男男女女老老少少，无以计数；石拱桥下的绿水荡起片片小舟，船桨拍水的声响喧哗、纯粹；戏台上，人作的戏正唱得风生水起……可我还是感觉到了空灵和清寂。

走近青瓦灰墙下一个又一个虚掩的门扉，空灵和清寂还会随着开启的木门重重地撞进心怀。我在清寂中看永顺染坊高高挂起的各色布匹色彩艳丽地在风中飘曳；看司马烧酒作坊里，石碾子和储酒坛的默默对视；看震远镖局里，人去楼空的光阴在阳光照耀的擂台上虚张声势；看杨无敌祠里，泥塑的杨家将气宇轩昂地站立着，不怒而威的形象从里向外透射着神气和安静……我内心的空灵和清寂如潮水一样地漫涌。

顺着宽阔的柏油路登上山顶，在罗马式教堂前伫立，水镇的清寂便从山下鳞次栉比的屋宇间、曲径通幽的小巷里、弯弯曲曲的河水里流溢出来，向着高处弥漫。那一刻，习惯了在闹市里过活的我，被这无处不在的清寂包围着，竟有些不知所措。

想逃离清寂的我还特意到镇子的戏台前去听戏，可穆桂英挂帅的高亢唱腔，却无法穿透水镇厚重的建筑，让我的记忆回到几百年前，看杨家将在这片土地上浴血奋战的蹉跎岁月。因为如今这个依山傍水的小镇已不再是关外兵家必争的军事要塞，而是一个古香古色的江南水乡小城的模样。徜徉在这座小城的街巷里，我感觉它的样子就像舞台上的演员，穿着戏服，十分夸张又异常完美地呈现，让我们这些想念水乡和江南美景的人，在一个虚拟的空间和真实的所在里流连忘返。这时候，心里的喧嚣就会被空寂埋葬，或许这才是我们抵达这里的真实用意。

海棠果和山楂树的叶子落了，一树又一树的红果子就格外地显眼，喜气洋洋的，在灰瓦黛墙的街巷里，遇见的时候，总有些不真实的感觉。站在树下看红果子激情四溢地挂满枝头，我恍惚听到了缥缥缈缈的歌声，歌声有些古旧，是在明清时代的瓷版画里，还是在青花瓷瓶上遇见过？已经记不得了，但这古旧的歌声在青瓦的廊檐和屋脊上跳跃，会让人想起《呼兰河传》粉坊里的歌声，萧红说它"就像一朵红花开在了墙头上，越鲜明，越觉得荒凉"。是啊，在沉稳的瓦灰色调里，一树树红艳艳的果子，一盏盏高悬的大红灯笼和那些色彩张扬的招牌都将这里的空灵和清寂凸显得更加鲜明和具体。

三

水镇背倚司马台长城，山后面鸳鸯湖水库的水被爬山越岭地引进水镇，在镇子的顶端形成一挂宽阔的瀑布，缥缈、喧哗，像美人的裙裾，轻盈、飘逸。水镇也像美人，而且是个浑身上下都散着水的灵气，有着婉约、含蓄、阴柔之美的江南美人。这个从江南水乡远嫁而来的美人，让去过乌镇的人，总有种似曾相识的感觉，据说，她也是翻版的乌镇，权且就当她是乌镇嫁与北国的女儿吧。

这个来自乌镇的美人带着她的江南旧梦端坐在自己的时光里，见了叫人眼前一亮。

而乌镇里的乌篷船，则是作家周作人心里的一段梦，在《乌篷船》一文里，他说，"你坐在船上，应该是游山的态度，看看四周物色，随处可见的山，岸旁的乌桕，河边的红蓼和白蘋，渔舍，各式各样的桥，困倦的时候睡在舱中拿出随笔来看，或者冲一碗清茶喝喝……"实际上，这样的闲适，不只在乌镇，也是古北水镇的气质和氛围。只可惜，在京城生活了大半辈子的他，如今却不能够于这近在咫尺的水镇里坐一坐他梦里的乌篷船，还真是有些生不逢时的遗憾。

其实，我们徜徉在水镇里，即便不坐乌篷船，也是异常闲散和随意的，顺着街巷溜达，东瞅瞅西看看，虽然没有明确的参观景点和游览目标，却步步是景，像逛早年大户人家的深宅大院，数不清的楼台屋舍，走不完的甬道窄巷，曲径通幽，牵引着好奇的心，到处乱逛。逛累的时候，就坐在温泉的池塘边上泡泡脚，水温适中，清澈温润，舒服得很。走累的时候，还可以坐在当街的戏台前听听戏，看看舞狮子的表演，还可以坐在温馨的饭馆里吃吃喝喝……这样的闲适里，没有导游举着旗子、握着喇叭大呼小叫的催促，一切都是恬淡的、自由的，只要在夜幕降临时回到来时的大巴车上就万事大吉。

　　水是水镇的血液，更是灵魂。翻山越岭来到水镇的水，在镇子中间的河道里款款而行，掠过两岸的青瓦黛墙，掠过河边那些秀逸风情的花草树木，掠过石拱桥上红男绿女彳亍而行的身影，从镇子的一端流向另一端，像血液一样循环往复，奔流不息，让水镇立时就有了活力。我坐在岸边的小亭子里听水，忽然想起《红楼梦》里"女儿是水做的"句子来，竟感觉这一河悠悠荡漾的碧水就是一群风情曼妙的女子，讨巧招摇地走来，带着一些遥远的气息，像梦一样妩媚、轻盈。

　　而水镇也是水做的，水是镇子的魂魄。这个水做的镇子没有特别的名字，它就叫水镇！这是珍惜和爱怜的叫法，就像在乡下，缺男孩儿的人家生了儿子，就叫他"小子"一样。一个水字，也道出了镇子的风姿：滋润、灵秀、风情、曼妙。依山傍水的它从里到外牵着人的情、撩着人的心，因为在干旱少雨的北方，一个以水为魂的镇子不能不叫人神往和心仪。

（原载《岁月》2019 年 3 期）

达琪雅娜·彼得罗夫娜

许多年前，我作为一名俄文研修生，住在莫斯科的一所留学生公寓里。从入住公寓的时刻起，我因颇为稚嫩、娇小的形象，被餐厅服务员达琪雅娜·彼得罗夫娜认定为孩子，即便不是孩子，也顶多是个中学生。可实际上，那一年，我已经二十九岁，儿子都两岁半了。每次对她说这些，她都会大笑，然后十分自信地摇头，说，不可能！她坚定夸张的表情将我自身的真实否定得荡然无存。然后，在路上碰到我时，依旧欢天喜地张开双臂，深情地呼喊着我的俄文名字"玛莎"，将我爱怜地抱住，再在我的前额上重重地亲一口。她用俄罗斯人炽热、直白的方式，老祖母一样表达着她对我的喜爱。

我去餐厅吃饭，她隔着吧台，望着我笑，亲昵地喊我的俄文名字。我买煮鸡蛋，她挑最大的给我，我换了装束，她像赞美月亮一样，吹捧我漂亮、与众不同。这样的赞美，让我有点儿飘飘然，也容易产生错觉：仿佛自己在她热切温暖的目光中，就是一枚温润可爱的小月亮！有时候，还感觉，这不是异乡异客的一段人生，而是又回到了青春年少时，作为一个品学兼优的好孩子，整日被人夸奖的时光中。每天从教室到宿舍，再到餐厅，三点一线地重复往返，步履匆匆，我在她亲切友好的笑靥和问候里，感受着温暖，感受着被人喜爱的幸福，心里有种无法言说的美好和愉悦。

闲暇的日子，她邀我去家里做客，我扭捏着说："我怕见陌生的男士……"她又大笑，说家里连个男人的影子都没有！哪儿来的男士？于是，我不由分说地被她带着去她家。我们不坐车，像散步一样走在路上。她家住得不太远，走过一站地，穿过街心花园，再沿一片绿地间的沙石小路走到尽头，就到了一个很大的高层住宅区。她的家在 11 楼，一个独居女人的家，比我想象的还要清静、安逸。丈夫已经过世，她没有儿女。三居室的房子，客厅、卧室、餐厅、厨房还有浴室、卫生间，各处都是整洁素雅的格调，没有一点儿老女人的邋遢或随意。养了些花花草草，一盆海棠灿然地立在客厅墙角的花架上，如此熟悉的花草，隔着岁月的烟尘，与我异乡重逢，稍纵即逝，就勾起了我想家的心思。一只纯种的白色波斯猫坐在沙发上，正不知所措地望着我，喵喵地叫着，再越窗而去，躲进露台的阳光中，我的到来确实搅了它的安静与祥和。

她煮了茶，加方糖，用小瓷盏端给我，然后坐在客厅的沙发上，笑呵呵地和我聊天，说起各自的家庭，说起各自的父母、兄弟姐妹……我们像多年不见的亲戚，家长里短地聊着、笑着。也说起茶，我说，俄文的茶，发音来自中文，因为茶最早产自中国，她笑呵呵地称道。聊够了，就找出她的相册给我看，指着一张又一张的笑脸向我介绍她的家人和朋友。相册里最多的面孔不是她自己，而是她的丈夫安德烈。从懵懂孩童直到去世，人生各个时期的相片有好几十张。看着他的照片，仿佛是一眨眼、一转身的工夫，那个抱着树干笑嘻嘻的小孩就长大成人了。先是英俊魁梧的青年，后又留起了浓密的落腮胡子，渐渐地发福，大腹便便，变成让人肃然起敬的模样。然后生病，消瘦，眼窝深陷，形容憔悴，直到安静地死去。我的目光就这样在一个人一生的精彩剪辑中匆匆地掠过，最后停留在他触目惊心的葬礼上。那一刻，这个长着连鬓胡子的修长男人，正睡在摆满鲜花的停尸床上，面目安详得像一方磐石。达琪雅娜躬着身，一手握着他冰冷的手，一手抚着他稍显凌乱的头发，整个人陷在悲哀中，不能自拔。这样的场景既豪华又凄惶，叫人悲伤难忍。抬眼望她，她亦处在丝丝缕缕的感伤里，但很快自拔出来，爽快地说，都过去了。然后起身打开音响，放柴科夫斯基的《冬之梦》，并拉我起来，拥着我在客厅的地板上跳舞。照片里所有的美好和悲伤随着曲调在旋转、飞扬，然后在这个并不奢华的房间里慢慢回荡、飘散。她也许是快乐的，只是我望着她不再年轻的脸和孤单的人生，心里忽然生出夕阳残照、故国家园的凄凉况味，那一刻，我的多愁善感和她的洒脱释然像一张黑白相对的底片，真实得叫人心颤。

午餐，她烤牛排，加牛奶捣土豆泥，切了泡菜，还有番茄拌沙拉，煮了咖啡，做了馅饼。一桌丰盛的食物，五颜六色地呈现在我面前，且不容拒绝和客气。我不饮酒，她就取了果汁与我，自己喝香槟。我心里感动，情不自禁地说了许多谢谢的话。她说："不必客气，这都是因为喜欢，上帝让我遇见你，也是命里的缘分。"我虽不信上帝，却十分相信缘分，那是多么神秘和不可思议的一种机缘呀！它可以让两个陌路的人一见如故，成为心心相印的朋友，或挚爱一生的爱人。

那段日子，莫斯科处在苏联解体的动荡中，人们的日常生活受到冲击和影响，我旷日持久的留学生涯也处在去和留的纠结中无法确定，心里的焦虑与日俱增。一边是亟待完成的学业，一边是混乱不安的生存处境，想家的念头日日萦绕于心，而她这个整整大我二十岁，非亲非故的异国女人，像亲人一样领着我回到她的家里，给我家的温暖和亲人般的关爱，这样的情意，也是我的福缘。

阳光透过窗纱，斑斑驳驳地洒在地板上，屋子盛满了温馨和快乐，我们坐在餐桌前，真诚地举杯，为这份跨国的友情和命定的缘分干杯！无须太多的客套，所有的情谊都盛在杯子里，一饮而尽。

那一刻，音响里回旋着柴可夫斯基的《胡桃夹子》，曲调明快而浪漫，我陶醉着，虽未饮酒，却感觉醉意朦胧，恍惚自己就是《胡桃夹子》里的小女孩，坐在神秘的盛宴里，心里异常幸福和快乐。

（原载《朝阳日报》2020 年 6 月 3 日）

修 根

　　母亲一走，老院子就空了。空寂的老院子很闲散，一切都处在无序的状态里，院子里花草丛生，杂乱无章。一株冒失高调的蜀葵还走出院子，特立独行地长在了大门口的甬道上，样子张扬、霸道。我开车进院的路被它挡住。这会儿，它正举着一串串硕大的红花，向着紧闭的大门示威，也向着我的车子示威。我没法跟一株挡住去路的花对峙，只好停下车子，绕过它，推门走进院子。走进院子的我，被空荡和荒芜包围着，感觉有些悲凉和无助。转过身来再瞧那株花，蓦地心里就有些不舒服，真是"失意雅不惬，见花如见仇"。一株花站在大门口，怎么瞧，它都站错了地方！我们家的花该有它适合的位置，那就是园子边上和大门外的墙根下，而这株花站在大门口的甬道上既挡路又扎眼，这样的局面必须纠正！

　　那一刻，我对一株花的不容，让我忽略了回老院子要做的一切事情，撇开要查看一下屋子里的家什有没有丢失、墙皮有没有脱落、房顶是不是漏雨、后院的柴门是否完好等事宜，我直奔厢房，找到锹和镐，先在园子边上挖一个大坑，为它找好一个位置。再刨开花下的硬土皮，一锹一锹地挖，为了不伤及它的根须，土皮开得很大。这花是宿根的，但母亲却不说它宿根，而是修根。修根跟宿根肯定不一样，根须修得越长，就扎得越深，冬天才不受冻。母亲也不叫它蜀葵，而是叫它高粱秆子花，实际上，它跟高粱一点儿瓜葛都没有，但用粮食来命名一株花，是乡下人的惯性思维，不光是花的名字，孩子的小名也有很多来自粮食，如粒儿、米儿、谷秀、麦子等。粮食是生存之

183

本，民以食为天，这个没啥大惊小怪的。关于"修根"，想想就叫人感动。"修"有很多字面意义，而"修根"里的"修"是"修炼"的意思。一株蜀葵要年复一年地在一个地方存活下去，需要根的修炼。只有把根修炼得又长又壮，它才能在寒冬的地下保存活力，才能在春暖时发芽，在初夏时开花。因为蜀葵修根，我便做好了深挖的准备。可是，挖下约半尺深，却不见它的根梢，再挖，又有半尺，还是不见。似乎它用"深不可测"在考验着我的体力，气喘吁吁的我，累得大汗淋漓。花和人差不多，为了生存都时刻在修炼着自己的本事和能力，但因为天资和活力等诸多因素的制约，每株花及每个人的修炼都存在着差异，而这株花无疑是修炼得较好的那一个，它的根不光扎得深，而且又粗又壮，要把它的根从这甬道下挖出来，绝不是件轻巧的事，我要有足够的体力和耐力。于是，我又抢起镐头，使劲刨下去。多少年没摸过锹和镐的我，为了改变一株花的位置，竟干得如此卖力，这让我自己都感到吃惊。人就是这样，为了改变某些东西，总是不知疲倦地拼命，可到头来，又有多少东西能为我们所改变呢？

日上三竿，晨风及草叶上的露珠都已消退，唯一没有消退的是我想移花进院的意念。但我明显有些体力不支，又累又渴的我从车里取出一瓶水，躲进阴凉处，一口气喝了下去，补充了能量后，再接着挖。太阳在头顶热烈地照着，蝉躲在院内的樱桃树上大呼小叫，它的叫声打着旋儿，一圈一圈地转，转得我头晕目眩，受不了了，捡起一块土坷垃朝樱桃树撇过去，蝉声哑了，四周清静许多。再挖，花叶子打蔫了，而我也蔫了，四肢无力，汗流泪泪。再挖下去，我气力全无，它也会元气大损。面对两败俱伤的局面，我只好缴械投降。擦擦汗，喝口水，赶紧把挖出来的土培进去，用脚踩实，又去后院的井里，提来半桶水浇上。既然它不想离开原地，那就随它去吧。

我改变不了一株花的位置，就只能改变我自己的习惯和想法，从此以后，只要它一直活在这里，我回来就必须把我的车子停在院子外面。看不了它站在大门口的样子，我就只能换个角度去瞧它，就把它当成是母亲的化身吧，因为母亲在时，我每次回家和离开，她都站在大门口远远地望着。那时候，母亲是站在大门口迎我回家的一株馨香四溢的花，而且是花开四季，无论春夏秋冬她都雷打不动地站在门口迎接我的到来。我离开时她也站在那里目送我远去，她一身的黑衣黑裤，白发苍苍，枯瘦的体格也像这高挑纤细的花株，只是母亲这株花已到暮年。我回来了，她满面欢喜，我走了，她一脸哀伤，那样的神情是我和她见一回少一回的悲凉。

实际上，不光是母亲站在大门口的样子有点儿像这株花，她故土难离的坚定更像这株花。这株花的根扎在大门外的甬道里，而母亲的根就扎大门里的老院子中，她扎在老院子里的根同样深得让我无法移栽和撼动。那些年，不管我怎么努力，都没有办法接她进城去养老，冬天，她嫌城里的暖气太热，夏天她又说城市没有乡下凉快，春秋时节，她又惦记着庄稼和园子，总之，不管啥时候，她都能找到待在乡下的理由。每次进城，甭说常住，即便是十天半个月她也会显得坐立不安。她在城里待不了，除了生活环境的不适应，最主要的是她的心思全在乡下。心思是根的灵魂，灵魂在哪儿，根就在哪儿。而根决定位置，所以她的心思注定让她的位置在乡下，那时候，就像改变不了这株花的位置一样，我也改变不了母亲的位置。

是啊，人和花草树木一样，都是有根的。不管是植物还是人，一旦根扎在了一个地方，就很难撼动和拔出，蜀葵花如此，母亲如此，包括如今待在城里的我也是如此。尽管我在城里生活三十多年了，可我的根也在乡下，乡下有这情牵思挂的老院子，院子留存着我出生和长大的种种记忆，它像一本泛黄的日记，动不动就为我翻阅和展示；乡下有养育我们的广袤土地，土地里先人和父母的坟茔以上下排列和碑记的形式，时刻昭示着自己的来处和去向；乡下有周姓人世代繁衍生息的村庄，我和分支庞大的本家宗亲一样，每个人的一颦一笑都有着近似的眼神和表情。村庄也是一双凝望的眼睛，它一

185

直在看着我，不论身在何处，我都走不出它的视线。而我的灵魂深处也有一双眼睛，时刻在守望着乡下。我在城里码字的时候，来自灵魂的这双眼睛就格外明亮有神，因为它看到了村庄里所有的秘密：种子发芽、玉米拔节、高粱吐穗、向日葵授粉……恁多的细节都逃不过我灵魂的眼睛。虽然这双眼睛看到的几乎没有村庄以外的事物，但我一点儿也不愧疚，因为亚历山德罗·巴里科说过"我们肉眼看见的，远不及灵魂所能看见的更为确凿和庞大"。

我们每个人和花草树木一样都有根，而根是要修炼的，在修根这个过程里，那株花是最好的，母亲也是最好的，花和母亲都修得虔诚笃定。母亲不光把灵魂的根深扎在乡下，身体也决不离开，不像我，虽然灵魂留在了乡下，可身体却一直不肯回去，在外面待久了，面对城市的繁华，甚至对家乡的贫穷和落后还有种不愿提及的悲伤和羞愧。因为身体和灵魂不能归一，所以我的身体始终都在城市和乡村之间流浪，这是我的悲哀和不幸。

如今母亲走了，她的根也被带走了。而花还在，它的根就扎在门口的甬道下，此刻，花正虔诚地守着自己的根站在那儿。和这株我无法移栽的花对视，我忽然感觉有些羞愧难当，除了想移它进院的幼稚，最主要的是，我的根也在这里，可我的人却游离在外，人和根无法合二为一的我，在这株笃定修根的花面前，实在有些无地自容。

临别，我看见那株花打蔫儿的叶子渐渐挺阔起来，一串串的红花在阳光下显得很耀眼，我站在花前，双手合十，向着它深深地躬下身去，以虔诚膜拜的姿态来表达我对一株花的敬意和歉意。

（原载《岁月》2021 年 4 期）